Casi Poesía y Micro Cuentos
Para Viajar en Ave

Novo Codex Editions
Barcelona-Boston

Casi Poesía y Micro Cuentos
Para Viajar en Ave

Bernardo Pérez de Buerres Ramírez

Novo Codex Ediciones.
Barcelona-Boston
2019

Primera Edición noviembre-2019.

ISBN-13: 978-1-7333089-0-8

Editado por *Novo Codex Editions,* 6 Liberty Square, Suite 2405, Boston Massachusetts 02109, USA.

Distribuido por Lulu (www.lulu.com)

Impreso en EE. UU.

INDICE DE CONTENIDOS

SEGUNDA PARTE

Introducción

Este pequeño libro que tienes en tus manos solo pretende ser un compañero de viaje, quizás un viaje en tren Ave o también llamado Servicio Ferroviario de alta gama de la operadora Española Renfe, destinado al transporte de personas de larga distancia por alta velocidad. Un viaje corto, de poco más de dos horas; el tiempo justo para subir en la Estación Sants en Barcelona y llegar a Puerta de Atocha en Madrid. Estos micro cuentos y la casi-poesía, son historias de la vida cotidiana, de la cual el autor ha sido testigo durante sus numerosos viajes por razones de asistir a congresos científicos en Europa y EE.UU. o vacaciones con la familia. El viajar nos permite observar cuidadosamente el entorno que nos rodea y aprender de él. Hoy en día, la mayoría de las personas cuando viajan o esperan el autobús o metro en alguna parada, no observan el entorno inmediato, pues todos están metidos en el mundo virtual del teléfono móvil y las llamadas redes sociales que son un gran enemigo de la interacción real. Así, la vida va pasando alrededor de ellos y no se percatan por estar conectados al mundo virtual. El mundo real es mucho más bello que el mundo virtual y es una fuente inagotable de inspiración.

El libro es un pequeño resumen de vivencias expresadas en pequeñas reflexiones, casi poesía y micro cuentos. ¿Qué es la casi poesía que no llega a ser poesía? Quizás, un alboroto de letras que se juntan en forma rítmica para contar una pequeña historia, breve, y plasmada en papel en el mismo momento de ser concebida. La casi poesía puede llegar a ser una sinfonía poética o un micro cuento donde en estos últimos, los detalles de la historia son relevantes para captar la esencia.

La realidad siempre ha sido fuente para la ficción y en este libro todo es casi- no ficción, donde los nombres se han cambiado para proteger a los inocentes. ¿Qué es la realidad? ¿Es quizá la que observamos y percibimos con nuestros sentidos? La realidad tiene mucho de ficción y la ficción tiene mucho más de la realidad.

Muchas veces se dice "la realidad supera a la ficción", porque las características del suceso son extraordinarias, que da la impresión de ser ficticio y solo producto de una imaginación muy creativa. Sin embargo, este es solo un viaje por nuestros recuerdos y vivencias por el hecho de estar vivos y poder dar la vuelta y mirar el camino recorrido. Ahora, sin más preámbulos los invito a mirar el contenido. ¡Buen viaje!

PRIMERA PARTE

Casi Poesía

Teléfono inoportuno

Teléfono negro que estás pegado en la pared, gritas y chillas mientras intento cenar. Teléfono negro que mi paz perturbas, ¿cuándo te callarás?

Teléfono negro, que gritas y chillas a la hora de cenar y no te cojo ni te oigo ya. Teléfono obscuro que no te cansas de llamar anunciando ofertas que a nadie interesa a la hora de cenar.

Teléfono negro que voy por el segundo plato y no te cansas de llamar, déjame tranquilo que no aguanto más.

Llega el dulce postre y tu amargo chillido no da espacio a la tranquilidad. Me levanto de la mesa y de un sopetón lo arranco de la pared y por la ventana volando lo arrojé.

Acabando ya la cena, me tomo un café negro como el teléfono, que ya en la pared no está.

17 de abril, 2000

Oda a Kika

Que mono el perrito que ha llegado el día de navidad.

Perro blanco, terrier de la tierra alta de Escocia. Perrito tímido que tienes miedo a tu sombra y no hablas para no alterar el silencio. ¿Quién lo diría?

Perro listo que te has convertido en el dueño de tu entorno sin preguntar. ¿Quién lo diría?

Perro hablador que no paras de gritar al cartero que se aleje de tu conquistada propiedad.

Perro controlador, que no deseas nueva palabra escrita en tu hogar y al cartero has de atacar.

Perro jardinero al revés que descuelgas las plantas y flores de su entorno natural. Perro trabajador que aras la tierra sin sembrar.

Perro gruñón que ladras sin parar al desconocido que está por llegar.

Perro amable que siempre saludas a tus amos al llegar.

Perrito amigo que escuchas en silencio sin reprochar y capturas desde lejos la esencia de estar. Perro amigo ya no estas, cuanto de menos te voy a echar.

Framingham 23 de agosto 2005

Erizos de Mar

Erizos de mar, grandes y preciados, solo en el sur de Chile encontrados. Y el cónsul de España me dijo, donde Igor no tienen desperdicio, pide un consomé de erizos.

En Niebla donde nunca se ha visto nublado y en la costanera llamada El molino, donde no hay Quijote ni molino, está el restaurante Igor, con mucho sabor, todo un triunfador.

Erizos de mar, grandes y preciados, solo en Igor encontrados. Mientras el mar atormentado y salado, azota la ventana de este sitio tan preciado.

Playa los Molinos, Valdivia, 27 de septiembre, 2009

Un buen Jamón Hace Bien al Corazón

Un francés harto de la vejez en el pórtico de su casa en Bayona con la barba pelona, sentado en una silla mirando al que pasa que no es de su casa.

De pronto un sevillano de Triana con muchas canas y una palangana se tira agua sobre las canas porque le da la gana y mira al francés en forma poco cortés.

El francés le espeta: aquí se respeta forastero, eres como un perro de medio pelo.

El sevillano de Triana le grita ¡cabrón! saca un cuchillo y en un rápido paseíllo corta el jamón y le tira un poquillo al franchute para que pruebe al fresquillo, con vinillo y un cigarrillo.

Este es un Parisino, que le gusta el vino, pero el jamón le llegará al corazón, dijo el de Triana esa mañana.

Qué bueno está el jamón dijo el cabrón.

Un francés, no es lo que es cuando come jamón, ya deja de ser un cabrón, dijo el de Triana con la palangana. Luego encendió un cigarro, y cogiendo la palangana se ha marchado a ver a Ana la gitana. Aquí, de este lado, nada ha pasado, y el francés contento se ha quedado.

Rue de la Boétie, Paris, 2011

Restaurante de Perros

Cuatro perros amigos vagando por el camino vecino, entran a un restaurante de un buen amigo para compartir mantel, cubierto y el destino. El puchero de la noche es un hervido de huesos de la trasnoche.

Sentados los cuatro amigos no esperan a los enemigos, todos gatos sin abrigo ni domicilio.

Cuando la hora ya ha avanzado, entra un abogado medio acompañado por un general, eso no es habitual, piden mesa y se les da de comer debajo de la mesa, ya que en un restaurante para perros los humanos no son realeza y les toca la peor mesa. Si no les interesa, a lavar platos con los gatos.

Mientras tanto los cuatro amigos, a los postres han llegado, pues la cena se ha disfrutado.

Brookline, abril, 2012

Tarde de Nieve

Es sábado de una tarde del frio invierno de Boston como suele asolar en Febrero. Todo gris y silencio. Los árboles se han despojado de sus hojas y parecen tristes y melancólicos esperando la primavera. Todo es gris y silencio. No hay color, no hay olor, todo es gris y silencio.

La chimenea del salón con sus vivos colores de fuego corta el silencio con la leña quemándose; fuera todo es gris y silencio.

El minutero del reloj ha completado varios círculos y ahora desde la ventana se divisa todo blanco y el silencio se interrumpe con los roces de palas en el suelo de hielo, haciendo camino, casi un sendero.

Todo está blanco ya no hay silencio. Miro la chimenea y solo humo y cenizas quedan y así se ha ido la tarde. Ahora me toca a mí, sacar la nieve del camino entre el frio y el hielo, para hacer un sendero.

Brookline, febrero, 2013

La Lluvia en Valdivia

Llueve en calle Picarte, mientras un zancudo acecha para picarte. Llueve en calle Angachilla; un niño chilla mientras arrastra su silla.

Llueve en la Isla Teja, un cura predica cree y reza dentro de la iglesia. Mientras en la feria fluvial no es día estival, y cerca del rio ya hace frio.

En el parque Saval llueve de norte a este, mientras el equipo ecuestre en el jardín de saltos, no tiene sobresaltos.

En el mercado un hombre come un asado acompañado, pero en la otra mesa hay mejor asado y el hombre se ha cabreado, mientras fuera el frio ya ha calado.

En la plazuela Pastene con lluvia juegan los nenes y en la calle Caupolicán está el charlatán comiendo un trozo de pan delante de un zaguán.

En el Café Paula, de filosofía y humanidades se habla. Las patatas fritas con mostaza han llegado en una taza y el poeta en su mesa escribe y escribe, mirando lo que le interesa sin hacer caso a las fresas.

En el barrio estación, ya cae un aluvión. En el tren de la noche no se oye un reproche; mientras Juanjo el fantoche y aprovechando la noche, se cambia de coche.

En Huacho-copihue, que ningún niño se desperdigue, mientras cogen copihues, dice la profesora, cuando controla la hora.

En la calle Pedro de Valdivia una mujer vende endivias. En la antigua fábrica de calzados Pérez ya no están los de Buerres, pero llueve y llueve.

Junto al torreón de barro, unos chicos juegan a los dados, no importa que llueva, la fortuna estará echada solo a un lado y depende del dado; la lluvia es solo llanto de alguna ánima en desencanto y quebranto.

En Las Ánimas, donde el Guata Amarilla, han puesto sombrillas, ya que el granizo escurridizo se hizo macizo. Ya llueven perlas blancas, en Santa Maria la Blanca hasta Antillanca.

Murcia, 5 de septiembre, 2014

Carballeira

De Madrid a Barcelona, en el Ave no he tardado. De mariscos y pescados al Carballeira he llegado.

Espardeñas, que cogen los buzos con botellas. Pepinos de mar, un manjar para el paladar. Se cocinan a la plancha, a la romana o a la andaluza y quedan suaves como una gamuza.

De Madrid a Barcelona, en el Ave no he tardado. De mariscos y pescados al Carballeira he llegado.

El camarero trae un rosado, nada de afrutado, para con el marisco al lado, todo esté bien acompañado y conjuntado.

De Madrid a Barcelona en el Ave no he tardado y en el Carballeira he disfrutado.

Barcelona, junio, 2016

Montealea

Rumbo a Montealea voy, subiendo por la Salgar. En Casa Marcial he parado a pernoctar. Dos estrellas Michelin no es un culín. Truchas de rio y fabada asturiana para probar.

Desde la ventana del salón comedor se puede observar el pájaro trinar. Desde la ventana se puede alcanzar, los Picos de Europa que hay que escalar.

Las ovejas y cabras pasan sin parar, rumbo a Montealea, el destino que han de encontrar.

En la ventana del salón se refleja el fuego de la chimenea y la bata blanca del camarero que se aproxima raudo con el agua y el pan.

Mientras esperamos la fabada, un culín de sidra de manzana a catar, adelante, que hay que probar, dice Nacho Manzano sin titubear.

Las ovejas y cabras siguen pasando sin parar, rumbo a Montealea, el destino que han de alcanzar.

Catorce platos de degustación aparecen en esta ocasión, Casa Marcial no tiene rival, algo no banal.

Dentro de unas horas cuando el almuerzo acabar, nos uniremos a las ovejas y cabras para Montealea alcanzar.

Las 8 Hermanas

Por la Cantabria Romana está la Posada de las 8 hermanas donde de día cantan las ranas y Paquita sirve tablas planas de queso, chorizo y alguna fruta como la banana o la manzana.

En la Posada de las 8 hermanas cada habitación es como una canción de múltiples colores por cada estación. Abro la ventana y el pueblo tan cerca veo. Arenas de Iguña, no te creo.

Por la Cantabria de Juliobriga está la Posada de las 8 hermanas que en invierno y verano todo abriga.

En la Posada de las 8 hermanas, las Fraguas y las aguas del Ebro son vecinas y al final puedo descansar tranquilo junto a las encinas.

Las Fraguas, Cantabria, julio 2016

De Paso por Samaniego

En un lugar de la Rioja Alavesa donde el vino es mucho mejor que la cerveza, nos encontramos este pueblo todo belleza.

Samaniego es un pueblo solariego que requiere de uno ser un poco andariego. Arquitectura agasajada y casas blasonadas.

En Samaniego, por días de fiesta mayor, suben un burro a la torre de la iglesia, pues les sirve de analgesia.

En Samaniego, por días de semana santa, nadie canta, pero Judas es apaleado sin más tretas, incluidos disparos de escopeta.

En Samaniego, en lo alto de la iglesia, la cigüeña construye su casa donde sueña y es la dueña.

En Samaniego continuo bebiendo del buen vino sin miedo, mientras contemplo el viñedo.

Samaniego, junio 2017

La Nao San Juan

A pocos kilómetros de San Sebastián en Pasaia San Pedro, pueblo costero y villa de sabor marinero, con muchos meros, encontramos Albaola donde alumbran las farolas y danzan las olas.

Albaola, factoría marítima Vasca que construye naves de madera en forma artesanal con herramientas de la época pre-industrial, mientras canta un zorzal en un matorral.

En Albaola está la Nao San Juan a punto de zarpar con muchas banderolas y nuevo capitán. Después de 500 años todo un resurgimiento de antaño; arriba las banderolas y los paños al travesaño.

La Nao San Juan, en el siglo XVI, viajaba a Terranova buscando el aceite de ballena que extraía. De Terranova a toda Europa proveía, para el mundo conocido alumbrar.

Tormenta en Terranova, y la Nao San Juan rompe amarres, no hay más agarres, toda la nova carga de aceite se pierde en el mar que ningún esfuerzo puede rescatar.

La Nao San Juan, en el fondo del mar se ha quedado, mas Albaola la ha resucitado y el proyecto está ya casi finalizado, para pronto volver a navegar y quizá a Terranova volver a llegar.

Bilbao, agosto 2017

Ni Una Vela a Santa Elena

A tierras altas he llegado y a Carmela he encontrado corriendo de lado a lado sin dejar sus problemas abandonados.

En el bar de la esquina sirve copas y limpia letrinas. En su pueblo de San José de la Mariquina es esclava de la cocina. Sin casa y poco trabajo se irá abajo, mientras tanto pela ajos.

En la iglesia de la Vera es costalera en primavera. Ahí va Carmela levantando el paso con un cazo en el regazo, ya no siente el paso y por si acaso cuando ya es el ocaso, vuelve sobre sus pasos al bar de paso en la esquina, donde sirve copas, cocina y limpia letrinas.

Que dura es la vida de Carmela, sin pelas, que no le da ni para encender una vela a Santa Elena.

Londres, octubre, 2017

Los Toros de Guisando

En cerro de Guisando en Ávila hay unos toros de la edad del hierro sin cencerro.

Los Toros de Guisando les llaman; protectores del ganado preciado.

Allí en 1468 Enrique IV de Castilla en forma sencilla, firmó un tratado atado y preciado, reconociendo a su hermana castellana Princesa de Asturias, mientras replicaban las campanas, a Isabel la Católica dignificaba.

Madrid, abril 2018

Corrida de Toros

Tarde de faena que muchas veces es buena y otras veces no tan buena. Tarde the faena como un poema y que a veces quema. En la plaza de la corneja, el matador ha cortado una oreja.

Tarde de faena que a veces es buena y otras veces no tan buena. En la plaza del estrado el matador ha cortado rabo y una oreja.

Tarde de faena que a veces es buena y otras veces no tan buena. En la plaza de las comadrejas el matador ha cortado dos orejas y el rabo, que también se le ha dado por descontado.

Tarde de faena que a veces no es tan buena. En la plaza de Córdoba donde el matador ha estado, mas el toro Avispado ha triunfado, pues Paquirri se ha desangrado.

Las Ventas, Madrid, abril 2018

Con El Fusil y la Biblia

En la América del Norte, casi todos van armados y con la biblia al lado; ya es cosa de chiflados.

En un supermercado en Colorado, un tipo entró y disparó, a muchos alcanzó.

En el concierto, más desconcierto y llanto abierto; el veterano armado ha disparado y a treinta se ha cargado, con el fusil y la biblia a su lado.

En la escuela del pueblo, junto al gran puerto, niños y profesores muertos. Otro niño armado, la debacle ha dejado y las leyes no se han modificado.

Dos negros asesinados por un blanco racista y desquiciado, con una metralleta que ha comprado en un mercado por cinco centavos. Solo ha actuado, pero con la biblia al lado, ahora muy buscado en todo el estado.

Mientras en el Congreso se hacen los locos y las leyes no han mejorado. El aborto se prohíbe, pero con el control de armas se inhiben.

En la América del Norte, casi todos van armados y con la biblia al lado, eso sí es cosa de chiflados.

Brookline, mayo, 2018

El Número 10 junto a 10 más

El fútbol es juego de 10 jugadores de campo y un portero que no necesita sombrero. Solo el jugador 10 arrastra a los 11 y todos brillan como el bronce.

El 10 se mueve por todo el terreno como un veneno en forma de trueno y no hay freno para su estreno.

El 10 se mueve por todo el terreno y no hay jugador chileno con suficiente oxígeno para ponerle freno.

El 10 se mueve por todo el terreno, Leo has ganado el trofeo sin ser Europeo.

El fútbol ahora es juego de 1, sin ser inoportuno, Messi ha triunfado, jugando a los dados de este lado.

El fútbol ahora es juego de 1 sin ser inoportuno; en Argentina Leo está en vitrina en cada esquina. En el Barcelona Leo golea y con la albiceleste a todos cabrea.

Brookline, 7 de octubre, 2018

En Westminster

En Westminster ya descansan tres grandes, Newton Hawking y Darwin.

De aceleraciones y otras cuestiones, como planetas en su lugar, Newton supo elucidar. Mientras una manzana la gravedad atraía, Newton la consentía.

De Charles Darwin se deduce en el origen de las especies, para que todos aprecien, animales y humanos somos todos casi hermanos.

Stephen Hawking, sin smoking, el espacio doblado de Einstein y agujeros negros vio y conquistó y la radiación que detectó, Hawking se llamó.

Entre los tres, de origen Inglés, el mundo pusieron al revés sin estrés, bebiendo una taza de té.

En Westminster ya descansan tres grandes, Newton Hawking y Darwin.

Londres, 12 de noviembre, 2018

La Barca de Papel

En una barca de papel se ha montado el marinero con su guitarra y un morral. Ahora le canta a las olas del mar por ser más cantante que marinero, así se prepara para su estreno y gaviotas le acompañan como un coro celestial.

En una barca de papel el marinero navega, moviendo el timón con mucha ilusión. Mientras el viento silva una melodía de melancolía que trae recuerdos de otros días.

En una barca de papel el marinero toca la guitarra y el salmón coge el timón.

En una barca de papel el marinero solo canta y ríe, el salmón coge el timón y el esturión ya lleva todo el control. El marinero se prepara para su estreno, pues es más cantante que marinero. La guitarra toca y toca y los peces están de carrusel pues ya han tomado el control de la barca de papel.

Framingham, 8 de abril, 2018

El Cazador

Bajando junto al arroyo el Conde caminaba, escopeta en mano silbaba. La bruma de la montaña le acompañaba, mientras un conejo buscaba.

Sin perro de ayuda el cazador se encontraba y las setas del bosque cantaban. Bajando junto al arroyo el conde andaba y las setas temblaban, ahora el perro le acompañaba; mas el conejo para la paella deseaba y el can las setas olvidaba.

Despunta el alba, en un rincón del camino el Conde la escopeta cargaba, corta el jamón y la bota de vino vaciaba.

Despunta el alba, la naturaleza revive, los jilgueros cantan, el sol despunta y el Conde apunta. Fuego de escopeta y sin más tretas, las aves y animales del bosque, escapan con sus consortes.

Ya es de día, todo está tranquilo, el bosque ya no tiene inquilino, los animales en sigilo por el conejo abatido.

Castillo del Buen Amor, junio, 2018

Blasón del Linaje

Partido de Azur y Gules. Sobre el todo un castillo de Oro de dos torres. Surmontado un búho del mismo metal, con las alas desplegadas, cargando sobre su pecho una pera de Azur.

Bordura componada de veinte y dos piezas de Oro y Gules, cargadas estas últimas de un Copihue, flor nacional de Chile, floreciente de Oro.

Timbrado de una corona condal de los Condes de Monte Alea del Sella de diez ocho perlas donde solo asoman nueve.

Por tenantes dos heraldos con tabardos Azures bordados de Oro con la cruz de la Victoria que es de Asturias y surmontadas las armas. Lleva por lema *Sapere Aude*.

Empúries

Solo está a 10 minutos de camino del pueblo de
la L'Escala allí donde Ampurias es su hermana,
puerta de entrada de Grecia y Roma en España.

Ampurias de Esculapio el dios griego de la me-
dicina que domina. Descubierto hace ya rato, es
símbolo de la arqueología Catalana temprana.

Esculapio, Asclepios, hijo pródigo recuperado;
de mármol blanco te paseas con tu manto desde
el siglo II antes de Cristo eres por todos visto.

Pero la historia no está acabada. En ese mismo
lugar (1940-1942), dos centenas de prisioneros
de guerra republicanos con hambre, frio, pena y
sed fueron tratados como gusanos en condicio-
nes de vejaciones de pelotones a paredones.
Mientras el mar que vieron griegos y romanos
está allí muy a la mano siendo testigo de lo que
pasó hace años.

Ampurias y su hotel, solo frente a la playa y las
ruinas vecinas a todos aglutina como una buena
madrina.

Ampurias y su hotel frente al mar, donde el agua llega a salpicar, nos podemos recrear y conversar y por supuesto descansar y bañar.

Si de hambre hablamos, al Mesón del Conde vamos, donde la sardinas finas es rutina y a la plancha enganchan.

Ampurias, símbolo de la arqueología Catalana temprana, donde sopla la tramontana y ya es hora de bailar sardanas, vamos, cogidos de la mano.

L'Escala, agosto 2018

Nueva York

Nueva York no es poesía, solo angustia y simetría, como el gran poeta decía.

Los rascacielos no tocan el cielo y mucha gente se mueve allí en el suelo, bajo el metro bastante retro, con grafiti decorado por un artista bien intencionado.

Los árboles se han marchado a cantar al bosque encantado. Nueva York ha quedado abandonado y apenado del verde, así la ciudad pierde; solo en el Central Park poder apreciar el verde que yo recuerde.

Gente que corre y camina sin mirar al lado. Un pobre diablo en el frio suelo sentado, con un perro y un canario parece un lobo estepario. Todo esto ocurre de noche y día, angustia y simetría.

Palacios sin espacios y espacios para hormigas poder habitar, mas las personas no pueden fincar, pues muy caro ha de costar.

Al final, me doy cuenta de que Nueva York tiene mucha energía, pero no es poesía, solo angustia y simetría, como el gran poeta decía.

Nueva York, 19 de febrero, 2019

Dublín

Dublín es verde clorofila y las vacas en la colina inclinada, sentadas siempre están, pues llueve y llueve todo el día, en forma leve con viento, pero sin nieve.

Me dice el amigo que juega al polo, que en Dublín no hay meteorólogo, mientras bebe una Guinness en el pub "Las Armas del Loro".

Desde la ventana veo entre la neblina, las vacas en la colina, sentadas sin gabardina parecen peregrinas, rezando a san Isidro labrador, buen protector, que más agua ha de traer, dijo el pastor, entrando al comedor oliendo una flor.

Me dice el amigo que juega al polo, que en Dublín no hay meteorólogo. Las vacas sentadas y formadas es anuncio de lluvia dice Julia.

Abrid el paragua las rubias para ir al mercado a comprar alubias. Llueve y llueve, las vacas sentadas están y ya no se levantarán.

Dublín, 23 de marzo, 2019

La Alergia y el Catarro

Estaba el doctor Luis Escribano hablando con alguien que parecía poco sano, mientras al mastocito esperaba, pero no llegaba.

Te invito a un té, le dijo el linfocito T, que salía del microscopio mientras Luis le miraba de reojo con su lente infrarrojo.

El mastocito estaba atrasado, pues había ido a comprar un pastel con doctor Castells, que escribió en un papel, no te degranules este lunes; quimasa y triptasa, mejor en casa.

El macrófago comiendo antígenos sin desenfreno, está redondo como un balón; eso pasa por comer un mogollón. La célula dendrítica, se implica y todo lo facilita, pero a nadie perjudica.

El linfocito B, corría al revés, y el linfocito T, esperando y esperando con el té.

Cerca del rio, Rocio hablaba, el ratón escuchaba y estornudaba, su nariz se tapaba. Necesitas mi antiviral si no estarás fatal, Rocio le comentaba y el ratón la miraba.

Doctor Castells por fin llegó con el pastel y el linfocito T comenzó a servir el té.

El macrófago que estaba como un tonel, miraba el pastel sobre el mantel; el mastocito ya tenía apetito y estaba como un señorito charlando con el linfocito B que levantaba su taza de té.

Doctor Castells cortó el pastel y Rocio ya tenía frio, por ir al rio. El linfocito T continúo sirviendo el té.

Brookline, 11de mayo, 2019

Las Ardillas

Un jardín entre la tierra y la arcilla, Dora plantaba sin mirar a las ardillas que tranquilas comían guindillas.

Un jardín de flores, Dora plantó, sin poco quebranto, mientras las ardillas pardillas se rascaban las costillas y comían guindillas.

Entre la tierra y la arcilla las ardillas comenzaron la guerrilla, rompiendo potes, vajilla y flores como buenos agresores.

Con trampas Dora las capturó y las desterró, mas un vecino la vio y denunció.

El juez a Dora citó y la castigó. No moverás cobayas, mapaches y ardillas de ese lugar, pues ahí deben fincar.

Entre la tierra y la arcilla las ardillas continuaron la guerrilla, rompiendo potes y flores como buenos agresores.

Entre la tierra y la arcilla, ahora Dora mira a las ardillas bajo la sombrilla; ya no hay rencillas ni potes ni florecillas; la vida es más sencilla.

mirando desde la silla, sin flores, pero con muchas ardillas rascándose las costillas.

Brookline 18 de mayo 2019

Las Croquetas

Entre chuletas y croquetas, prefiero las croquetas. De jamón o bacalao, traiga todas para este lado.

Si de croquetas hablamos, tendrán que ser de buena mano. En aceite muy caliente las freímos, mientras el vino nos pulimos.

Si en restaurante las pedimos, ya es otro camino y el sabor puede no ser fino y hasta dañino.

Entre chuletas y croquetas, prefiero las croquetas, mientras planto un gladiolo, las croquetas del Real Club de Polo añoro.

Framingham, 29 de mayo, 2019

Teoría de la Relatividad

De Madrid a Oviedo en el Ave viajaba, mientras por la ventanilla miraba y los árboles corrían hacia atrás.

De Madrid a Oviedo en el Ave viajaba, mientras por la ventanilla miraba y las vacas y las casas, todo corría hacia atrás, ya no hay tranquilidad, ¿será esto la relatividad?

De Madrid a Oviedo en el Ave viajaba, y al pasillo miré, pero pronto me percaté que nadie se movía y todos se entretenían, ¿será esto la relatividad consentida?

De Madrid a Oviedo en Ave viajaba y por la ventanilla miraba y en Santa Pola de Lena el tren paraba; ya los árboles y las vacas hacia atrás no corrían. Una voz cercana decía ¡chaval! ¡chaval! y la voz insistía como un vendaval de fuerza estival.

De Madrid a Oviedo en Ave viajaba la voz estaba ansiosa y de la ventanilla me despegué. Chaval ayúdame con la maleta que soy mayor y esto pesa. Sin ser un chaval, pero todo es relatividad, al señor me aproximé, que en su cuerpo muchas primaveras llevaba y el invierno

ya le llegaba; su maleta bajé y la teoría de la re-
latividad aprecié.

Brookline, 8 de junio, 2019

Ajo y Agua

Ajo y Agua, lo mínimo para comenzar un caldo. A la puerta de la iglesia llegué a bautizar a la niña y al cura el nombre de la niña no le agradó, por no estar moldado en ningún lado. Este no es un nombre de santa dijo el cura con mucha premura. Yo le dije Ajo y Agua, con poco agasajo y gran desparpajo.

El autobús iba lleno hasta arriba, ya nadie más cabía y mucha rabia me daba, el viaje no comenzaba. Ajo y Agua, o mejor me voy en piragua.

Otra vez los impuestos no perdonan ni a Al Capone ni a ninguna persona; me he quedado sin dinero como un mal tesorero. Entonces ¿qué? Ajo y Agua.

Un anti-intelectual como Trump, elegido presidente en un país exigente, no es justo ni decente. No nos queda nada más que Ajo y Agua y vuelta a la fragua.

El jefe está contratando basado en la amigo-cracia olvidando la meritocracia, Ajo y Agua de aquí a Nicaragua.

A la panadería he llegado, esperando el pan fresco que saldrá mañana, porque de hoy ya no hay y al que madruga Dios le ayuda. Entre tanto, Agua y Ajo, mientras miro cabizbajo al escarabajo.

Ajo y Agua, lo mínimo para comenzar un caldo. El día ya ha sido redondo como un bombo; todo Ajo todo Agua y no hay atajo y el escarabajo ya está boca abajo. Cae la tarde, **AJO**derse y **AGUA**ntarse.

Brookline, 10 de junio, 2019

El Cochinillo

"¡En ningún sitio de España pasas hambre¡¡En ningún sitio de España pasas sed ¡" dice Alberto Cándido, Mesonero Mayor de Castilla y dueño del Mesón de Cándido.

Junto al acueducto romano ya de tiempos lejanos, pero muy cercano, Cándido asa cochinillos con tomillo a viva brasa y te sientes como en tu casa.

En Segovia junto al castillo, se asan los cochinillos y se cortan con el platillo, mientras las sombras de la tarde se alargan y a lo lejos ya alumbra un farolillo.

A probar el cochinillo manjar de Segovia, dice la novia, que donde Cándido o Casa Duque, a todos el paladar eduque.

Cochinillo bien acompañado de un tinto reposado, dice el hombre sentado, mientras pinta el retrato de la novia y su enamorado. En Segovia he quedado maravillado.

Segovia, 25 de junio, 2019

Rufino y Celestino

Hay que ser generoso y cuidadoso con el vino, los vecinos, amigos y los hermanos, así un día te tenderán la mano; escribió Rufino en un pergamino, junto al molino.

En el bar del camino estaba Rufino sentado bebiendo un vino cuando pasó su hermano Celestino y le dijo, que bien te veo Rufino, ¿el vino debe estar divino? Celestino, te invito a un vino, dijo Rufino.

En el bar del camino estaba Celestino bebiendo un vino cuando pasó su hermano Rufino y le dijo, que bien te veo Celestino, ¿el vino debe estar divino? Rufino, no te invito a un vino, dijo Celestino, pues soy muy mezquino y el vino es dañino.

En el bar del camino estaban los dos hermanos hablando sin vino, cuando apareció Tonino el vecino. ¿Nos invitas a un vino? dijo Celestino. No, dijo Tonino, pues el vino es muy dañino para ti Celestino, mejor te tomas un capuchino que está divino, mientras yo y tu hermano probamos un tinto de verano.

Al llegar el capuchino para Celestino, su hermano Rufino le dio el pergamino que había escrito, junto al molino.

Framingham, 16 de julio, 2019

Las Hermanas y el Aperitivo

En Madrid en la esquina del Museo del Jamón se han detenido en la calle de la Victoria, junto a la Fontana, tres hermanas muy lozanas.

Ya toca las doce la campana de la mañana y las hermanas en el Museo del Jamón sentadas junto a la ventana, probando cerveza artesana, de un pueblo donde sopla la tramontana.

Ya toca la campana, las doce de la mañana y las hermanas el aperitivo dan por comenzado. Que sorpresa la mía al ver las tres hermanas muy sanas pidiendo ciervo de primero, espárragos tiernos y de segundo paella de mariscos con pescado recién traído del mar salado. Todo acompañado con vino rosado recién destapado.

Siguen saliendo los platos y bien entusiasmadas las veo; callos a la madrileña y me saco la capa Seseña, si no me desmayo. Una dice, yo no me privo por ningún motivo, aunque solo sea el aperitivo.

Tengo mucha sed dice la otra hermana mientras llama al camarero pidiendo una cerveza que le de fortaleza. ¿Traigo agua señora? dice el camarero que es muy caballero. De ningún modo, el agua solo en la ducha y para bañarse, si no me pongo malucha.

Las tres hermanas han brindado y disfrutado con ese aperitivo exclusivo que aquí describo y ahora al Museo del Prado se han marchado. Con el aperitivo como refuerzo, las tres hermanas se preparan ya para el almuerzo.

Brookline, 26 de julio, 2019

SEGUNDA PARTE

Micro Cuentos

Los Desayunos Ingleses

Viernes 30 de marzo del 2012 en Londres, sentado en un tren dispuesto a viajar a Cambridge desde la plataforma 1 de la estación *King's Crosss*. Esta mañana mientras desayunaba de un buffet del hotel en High St. Kensington, no podían faltar los misteriosos tomates a la brasa partidos por la mitad. Tomé mi plato y me desplacé para observar las opciones de desayuno. Huevos revueltos, huevos enteros, fruta, jamón, judías, chorizos, patatas fritas, cereales, zumo, tostadas y champiñones fritos entre otras cosas y el tomate a la brasa. Después de decidir por tomar fruta, zumo de naranja y un huevo con una tostada y té, me dediqué a observar a mis vecinos de mesa. Pude apreciar que todos tenían en sus platos el misterioso medio tomate entre judías, huevos, jamón y champiñones lo que en resumen podemos llamar un desayuno inglés tradicional.

¿En qué momento el tomate, originario de Iberoamérica, pasó a ser un elemento indispensable en el desayuno inglés?

No lo sé. ¿Será solamente un elemento estético para darle un   color más intenso   al desayuno entre los colores marrón del champiñón y   judías y el   rojizo triste del jamón y amarillo/blanco del   huevo?   digo   yo.   O probablemente sea una adición psicológica al plato, me refiero que los ingleses son parte de una cultura carnívora, donde las frutas y verduras están casi ausentes. Teniendo al menos un tomate en el plato del desayuno, les reconforta, pues es un elemento del reino vegetal en la mesa. Quizás sea así. Sin embargo, intentar comer ese medio tomate asado a la barbacoa presenta ciertas dificultades. Solamente tratar de partirlo, puede representar un peligro para uno mismo o los vecinos de mesa. Me refiero al fenómeno que cada vez que he intentado partir aquellos dichosos tomates ingleses, el líquido atrapado en el tomate sale eyectado con consecuencias nefastas para la propia corbata o los vecinos de mantel.

En casi todo el mundo el tomate se usa de muchas maneras y en formas bastante refinadas. Tenemos por ejemplo las típicas salsas italianas para las pastas, el pan con tomate catalán, la ensalada chilena (tomate con cebolla), los sofritos mediterráneos, el juego de colores de tomate picado con otras verduras como aperitivo en la cocina libanesa y turca. Así, todo el mundo ha incorporado el tomate en su cocina, de algún modo refinado y con cierta gracia. Seguramente los ingleses para no quedarse atrás en esta tendencia mundial hacia el tomate, decidieron incorporarlo a su propia cocina. Es bien sabido que en cuanto a refinamiento, la cocina inglesa no es de las primeras. Solo me puedo imaginar que el uso del tomate en Inglaterra fue un invento en algún Pub, donde por casualidad un medio tomate cayó de su cesta hacia la parrilla de la cocina donde se preparaba el jamón. Después de unos minutos el cocinero inglés se acercó y probablemente exclamó: *This grilled tomato is quite lovely, isn't it?*. Así, rápidamente fue incorporado a la cocina británica en el llamado desayuno Inglés típico.

El Elefante Azul

Hacia el año 2012, en un país africano, llámese Botsuana, habitaba un elefante de color azul, de entre los 150,000 de su especie que moraban en dicho país. No contento con su vida, el azul elefante caminaba y pensaba. No le divertía asustar leones y estropear las cosechas de los lugareños cuando en estampida salía con los amigos.

El azul elefante pensaba y meditaba. De vez en cuando charlaba con su abuelo, otro paquidermo de más de 120 años de edad que le relataba historias de épocas lejanas, cuando reyes y cazadores en general, perseguían a la especie por su preciado marfil.

Así pasaba sus días el azul elefante, cuando de pronto se le ocurrió una idea. Me gustaría ir de cacería como hacen los humanos, dijo el azul elefante. No era cualquier cacería que el azul elefante quería efectuar.

Algo que le subiese mucho la adrenalina sería ir a cazar algún rey. Monarquías quedan pocas, pero nuestro amigo se enteró de un rey que moraba en los montes del Pardo, así llamados.

Cogió una patera y emprendió camino hacia la península ibérica llamada, y en Algeciras desembarcó en un día plenamente azul de cielo, que lograba mimetizar su azul de paquidermo, sin despertar sospecha alguna.

Avant, avant y en pocas horas en tren a la estación Atocha llegó. En cercanías continuó y en las Matas desembarcó. El Monte del Pardo veía, mas el rey no aparecía.

Después de noches de esperar de operetas y zarzuelas, el rey no se dejaba ver. El elefante azul escopeta en mano apuntó y apuntó y siguió apuntado, pero nunca el gatillo apretó.

Después de un momento el paquidermo azul reflexionó: ¿Por qué he de matar un rey? Triste emprendió el camino de regreso dejando la escopeta abandonada. Cuando regresó con los suyos dijo a su abuelo: ME HE EQUIVOCADO, LO SIENTO, NO VOLVERA A OCURRIR[1]

"Un hombre que no piensa, arma en mano es muy peligroso, mas un paquidermo pensante y armado es otra cosa". Así, nuestro elefante azul demostró tener más **animalidad** que **humanidad.**

[1]*El País, 18 de abril del 2012.*

El Director Inglés

Los ingleses son buenos amigos y colegas de trabajo. Formales, pacientes, puntuales, atentos y además tienen algo especial, el té de las 5 de la tarde, servido en tetera, que ayuda a olvidar la horrenda cocina británica. Sin embargo, si hablamos de un inglés como jefe, eso es harina de otro costal.

Oliver era un típico jefe inglés, director de un departamento para el desarrollo de moléculas biológicas. Los lunes aparecía bañado y peinado. A medida que la semana transcurría, el pelo lo tenía más pegado a la cabeza (poco volumen) y con pinta de no haber dormido. Llegado el viernes, parecía que un camión le hubiera pasado por encima. ¿Qué le pasaba a Oliver mientras la semana transcurría? Sencillamente, después de observar podemos llegar a la conclusión que le faltaba la ducha o la bañera. Seguramente se bañaba una vez por semana, probablemente, solo los días domingo para asistir a los servicios religiosos. Así el lunes aparecía lustroso y brillante.

.

En una ocasión a Patricio le tocaba reunirse con Oliver al mediodía en su despacho, como todas las semanas, para repasar y revisar los proyectos. Esas reuniones eran los días jueves, pues cada jueves, el plato principal de la cafetería de la empresa era lubina a la plancha. Oliver aparecía siempre con una bandeja que contenía un plato de lubina con espárragos y en el bolsillo de su camisa portaba un plátano. Patricio esperaba junto a la puerta del despacho de Oliver a las 12 en punto y Oliver siempre llegaba 5 minutos más tarde y decía:

- lo siento por llegar tarde pero había una fila muy larga en la cafetería. Mientras Patricio respondía:

- No tiene importancia.

Luego de sentarse ambos junto a una mesa redonda, Oliver, con gran ceremonia, sacaba de un cajón unos cubiertos de metal que tenía envueltos en una servilleta de color blanco. Se colgaba la servilleta del cuello, cogía los cubiertos mirando atentamente el pescado que se disponía a probar. Sin mirar a Patricio, le decía: ¿qué hay de nuevo? Pregunta que ya era una invitación para discutir los temas relacionados con el trabajo. Patricio comenzaba a describir los proyectos y Oliver no despegaba los ojos del plato y solo decía, ¡¡Sí!!, siempre que había alguna pausa en la narración que Patricio hacía del estado de los proyectos de trabajo; Oliver seguía disfrutando de su lubina a la plancha. En una de esas reuniones, de pronto comenzó a oler a humo, pero la tertulia semanal continuó. Al cabo de un momento comenzó a sonar la alarma de incendio y por los altavoces de la empresa se oía un mensaje que repetía: *"Abandonar el edifico se ha producido un incendio"* Patricio, dijo rápidamente,

-Oliver, tenemos que salir de aquí.

Sin embargo, Oliver no estaba preparado para salir, pues su pescado no había acabado y le dijo a Patricio con toda calma:

-No he acabado aún. Mientras, el humo ya se notaba muy cerca de la oficina y el altavoz continuaba anunciando que había que abandonar el edificio. No pasarían más de siete minutos, pero a Patricio le parecieron eternos mientras observaba el plato de pescado de Oliver. Una vez que el último trozo de pescado desapareció del plato, mientras seguían hablando de los proyectos, Oliver con toda calma puso los cubiertos a un lado del plato y le dijo a Patricio:

¿Podemos salir ahora?

Por supuesto, contestó Patricio calmadamente.

Oliver y Patricio, salieron caminando del edificio en llamas como si fuera un paseo por el parque y la conversación continuó como si estuvieran en el despacho. Después de muchos años, cuando Patricio se había trasladado a otra empresa y Oliver había aceptado una plaza de Vice-Presidente en una empresa más cercana a su domicilio, se volvieron a encontrar.

Patricio y su familia habían ido a pasar una tarde de playa a Crane Beach en Ipswich en el estado de Massachusetts, una verdadera reserva natural. El tiempo en Massachusetts es muy cambiante. Se puede tener cuatro estaciones en un día y el verano no es excepción pues del calor y un día despejado, se puede pasar rápidamente de nublado a tormenta. Era 4 de Julio y hacía ya calor a las 10 de la mañana; así que a la playa se desplazaron Patricio y familia. El agua estaba ya más templada que en junio y se podía ya meterse en el mar. Alrededor de las 3 de la tarde el cielo se nubló y un viento comenzó a encrespar las olas del mar. Poco a poco los bañistas cogían sus cosas y se marchaban. No se veía que fuesen nubes pasajeras; una tenue lluvia comenzó a caer. Era el momento de preparar los bultos y marchar. A las 4 de la tarde, nadie quedaba ya en la playa. La lluvia de pronto se hacía más intensa. Patricio y familia cogieron los bultos y comenzaron a caminar por la orilla del mar para coger el camino de regreso al coche. A lo lejos se divisaba un grupo familiar que caminaba en dirección opuesta. Al aproximarse Patricio y familia a casi a 100 metros del grupo, Patricio observó al hombre que iba al frente y la mujer más atrás con dos niños. Todos iban vestidos de ropa de calle, pero lo que captó la atención de Patricio fue el hombre, iba con traje y corbata completamente mojado. Al estar a veinte metros, Patricio exclamó:

- ¡Oliver!

El hombre levantó la vista y dijo:

-Patricio, que sorpresa encontrarte aquí, después de tanto tiempo.

-Sí, la verdad que es una sorpresa, dijo Patricio, mientras la tormenta de relámpagos y truenos estaba desatada. Entonces Patricio viendo las condiciones climáticas dijo:

-Bueno nosotros ya nos vamos que el tiempo está muy malo.

-Vale, encantado de verte, dijo Oliver.

Cuando ya todos se habían despedido. Oliver se dio media vuelta y mirando fijamente a Patricio dijo:

-Hace un tiempo perfecto para venir a bañarse. Tenemos toda la playa para nosotros.

Oliver y familia siguieron su camino lentamente por la orilla de la playa mientras relámpagos iluminaban el cielo y el mar levantaba grandes olas.

Cosas de Niños

Hace unos días estaba Juan el profesor, muy entretenido dando unas clases a unos niños donde hablaban de enfermedades, terapias y otras cosas. Entonces un niño dijo que ahora con tanta enfermedad terminal habría que viajar menos. El profesor mirando al niño le dijo ¿no entiendo lo que dices? Muy sencillo dijo el niño. Las enfermedades terminales de alguna manera se contagian en los terminales de los aeropuertos o terminales de buses, pero no sabemos el modo exacto de transmisión.

El Catedrático

Hace un tiempo atrás, un catedrático de una prestigiosa universidad andaluza fue a hacer una corta estadía en un laboratorio en EE. UU. Ángel el catedrático, se llevaba bien con todos sus colegas, estudiantes y postdoctorados en la universidad en EE. UU. Amable, con deseos de seguir aprendiendo en su campo de especialidad la enzimología. Cuando ya tuvo más confianza con el grupo, comentó que era muy difícil hacer investigación en su universidad en Andalucía, pues nadie quería colaborar y los mismos académicos escondían los equipos de laboratorio para que otros no los usen. Ángel estaba feliz de estar trabajando en un laboratorio en EE. UU. donde lo principal es colaborar entre colegas para adelantar los complejos proyectos biológicos. El mismo Ángel decía:

-Compartir el conocimiento, trabajar en conjunto, compartir los equipos, es la misión principal de la academia; ¡qué maravilla trabajar aquí!

Al cabo de unos meses, la universidad americana le concedió una beca que incluía la posibilidad de adquirir equipo de laboratorio, para llevar a su universidad en Andalucía. Ángel estaba feliz. Ahora podría hacer investigación básica teniendo el instrumental necesario que le era negado por sus colegas. Durante la cena de despedida, -antes de su regreso a Andalucía-, para sorpresa de todos dijo que pondría todo el nuevo equipo bajo siete llaves, para que otros en la universidad no lo puedan usar.

Dicen que los maltratados terminan siendo maltratadores.

Freddy el pintor

No hay horario ni para dormir ni despertar. El gato ya está harto, ni comida le dan, mientras Freddy se toma dos antidepresivos y el resto al suelo van; el gato solo mira. Freddy sale de la casa, dando tumbos de bar en bar entre pinchos, cervezas y aceitunas, Freddy vive las tardes de invierno en el bar Loro Rosa. Con una manta de color rosa junto a una moza, sentado en la terraza medita, mientras aspira un porro y ve pasar una triste tarde de enero con poco dinero. Es pintor de batallas mentales, sin oficio ni beneficio. Medita junto a una clara pintando cosas raras, medita junto a una aceituna observando la luna que ya se asoma después de horas en la bruma.

Cabizbajo y pensativo lo encuentra el camarero que le trae una copa de licor de torero, aguardiente y pimienta, que ya calienta la fría noche donde solo se oye el ruido de un coche. Aspira el porro y empieza a gritar, me voy con mi novia a la India a meditar. Entre pinchos, cerveza y Orangina, la moza está que trina. Varios vecinos al oír el gritar abren las ventanas y todo queda en nada.

Son las cuatro de la madrugada y entre cervezas, aceitunas y porros, salen Freddy y la moza hacia otra cosa; a celebrar que son novios. Al restaurante chino van por el camino de la duna mientras a lo lejos canta la Tuna. Entre arroz tres delicias y rollos de primavera, Freddy ya no es lo que era. No hay horario para dormir ni despertar, sigue pensando en meditar mientras el sol empieza a alumbrar y la noche ha quedado atrás.

Ahora Freddy quiere ser monje para poder meditar en paz y al monasterio de Poblet se ha marchado, pero en ese estado, ni los monjes lo han aceptado. Vuelta a casa y al gato se ha encontrado muy relajado, pues los antidepresivos el gato se ha zampado. No hay horario ni para dormir ni despertar, ahora sí, el gato puede ya descansar.

La Vida del Bar

Caminando la noche de un sábado Barajas, Madrid. Es zona de paso para un viajero que necesita coger el primer avión por la mañana. Se ve un bar, allí en la calle de Logroño una cervecería/café como los tantos que hay repartidos por cada manzana de la península. Son casi las 23 horas y la música de un cantante de balada sale del bar a la calle próxima. Me acerco y veo que unos pocos beben, conversan o toman algo de comer mientras la televisión transmite el festival de Eurovisión. Una camarera con cara de no haber dormido corre de un lado a otro sirviendo mesas, mientras en una mesa del fondo de la cafetería se oye a una familia argentina sicoanalizándose como solo ellos saben hacer, mientras comen cada uno un chuletón con patatas.

-Quizá no debería haber pedido este chuletón querida, ¿vos me entendés?

- No es como la carne argentina y aquí tampoco me puedo tomar un mate, dice el hombre.

-¿Vos, que querés? si no estás en Buenos Aires, che, me tenés podrida, dice la mujer.

De pronto un ruido de platos que se le escapan de las manos a la camarera y caen al suelo saltando en mil pedazos. Nadie se inmuta y cada uno sigue en lo suyo. Sigo sentado junto a la barra del bar y la camarera no dice nada. Por cuenta propia me acerco la carta y la observo. De pronto la camarera estaba delante:

-¿Cariño que te pongo?

-Una caña y sepia a la plancha, digo rápidamente.

Mientras espero, el festival de Eurovisión sigue en la televisión a todo volumen y una pareja joven con un niño en un carrito entran al bar. La madre le pide a la camarera si le puede calentar el biberón, a lo que la camarera accede gustosa, mientras la madre se va fuera del bar a fumar y hablar por el móvil. El padre se queda con el niño en brazos bebiendo una copa de vino y mirando el móvil. La mujer sigue fuera fumando, colgada al móvil y los argentinos sicoanalizándose. En otro extremo del bar hay un señor de unos 70 años sentado, acariciando una copa de vino tinto y comiendo un plato combinado: huevos con chorizo que parece un plato de infarto anunciado. Es cerca ya de la medianoche y el bar parece más animado. Entra una pareja de la tercera edad bajitos; ella con el pelo arreglado de ir a la peluquería cada semana, el un poco más cascado. Ella se acerca a la barra y pide dos cañas y unas aceitunas y el festival de Eurovisión sigue en la televisión. Al cabo de unos minutos veo que la señora se ha levantado y está jugando en la maquina tragamonedas como esas de los casinos de la América del Norte mientras con una mano sostiene su caña. Entre tanto la sepia que había pedido me ha llegado.

-Que disfrutes cariño-, dice la camarera mientras le esbozo una sonrisa. Entierro el tenedor en la sepia y un nuevo señor con aspecto de jubilado aparece junto a la barra y me dice:

- ¡Buen provecho!

-Gracias, contesto

Se dirige a la camarera y le dice:

-Ponme un licor de hierbas con un solo hielo.

Al momento, la camarera saca un vaso muy alto, le introduce una bola de hielo completamente esférica y deja caer sobre el vaso un líquido verde como los refrigerantes para los coches. El hombre mira el vaso con ansiedad lo coge y de un salto se lo bebe completamente como si fuera agua fresca para un sediento; saca un billete de 5 euros, se lo pasa a la camarera y dice:

-Buenas noches, guapa-

-Hasta mañana José, dice la camarera.

El hombre sale del bar/cafetería y se pierde en la noche. Ya he acabado la sepia y sigo con la ensalada. Los argentinos están contando el dinero para pagar. La señora de la tercera edad sigue en la maquina tragamonedas y por lo menos ya lleva dos cañas en el cuerpo, mientras su marido pica aceitunas y sigue la premiación del festival de Eurovisión. El señor que se había zampado el plato con huevos y chorizos, ahora está en la barra del bar bebiendo un licor que parece Ginebra. Es la una de la madrugada y todos siguen la vida en el bar como si fuera el mediodía. La mujer que fumaba fuera, está dentro del bar, hablando por el móvil, mientras el niño duerme en el carrito, ajeno a la vida del bar y su padre sigue con una copa de vino de más. Entra un hombre gordo vestido con una camiseta del Real Madrid, mira el menú en la barra del bar y dice a la camarera:

-Ponme un caña y para comer una hamburguesa.

-¿Cómo quieres la carne? pregunta la camarera.

-Normal, contesta el hombre, pero sin queso.

-Vale, dice la camarera.

Así se han entendido, con la palabra "normal" para la carne, todo ha quedado aclarado. ¿No sé si "normal" quería significar, carne cruda, poco hecha o muy hecha? En fin, no hay tiempo para más. Ya es muy tarde y mañana temprano debo coger un vuelo a Boston; marcho de vuelta al hotel y dejo el bar en plena ebullición, y ya todos cantan una canción.

Un Búho en el Camino

Caminando cabizbajo al atardecer de un día de verano por un camino rodeado de árboles muy antiguos el Conde iba. En una rama un búho había con dos orejas muy altas.

-¿Senor. Búho, por cual camino debo ir para encontrar la paz y la felicidad?

-¿Tú que eres sabio y prudente me puedes aconsejar? dijo el Conde.

El búho miró al Conde levantó las orejas aún más y le preguntó:

-¿A ti que te gusta hacer?

No lo sé bien, el Conde contestó.

-Mal asunto, dijo el búho.

-¿Y ahora a que te dedicas? preguntó el Búho.

-Por el momento estoy al cuidado del pequeño palacio que me dejó mi padre, pero no es tan grande como el de mi primo o el de mi tío.

-A ver, descríbeme tu palacio, dijo el Búho.

-Pues ya lo dije es muy pequeño, está muy cerca de aquí, lleno de castaños con más de 100 años de edad, que dan mucha sombra en verano y muchas castañas también, hay un arroyo de agua cristalina donde se puede pescar truchas, hay zorros y osos que se pueden ver desde mi cuarto y por la primavera aparecen las amapolas de color rojo. Los pájaros cantan al amanecer y las cerezas rojas se pueden cosechar ya.

El búho observó atentamente al Conde y le dijo:

-Yo estoy convencido que a ti te encanta tu palacio. El problema es que pierdes el tiempo mirando lo que otros tienen y tú no te das cuenta lo afortunado que eres de poseer ese maravilloso palacio que me has descrito. Los humanos siempre estáis pensado que la hierba del jardín del vecino es más verde que la propia, dijo el Búho.

-Gracias por tu consejo dijo el Conde.

-En verdad señor Búho me has iluminado el camino.

El conde emprendió el camino de regreso por donde había venido, silbando una melodía, mientras contemplaba la belleza de los parajes que comenzaba a re-descubrir.

En Ave de Barcelona a Madrid

Durante un viaje en Ave de Barcelona a Madrid, el revisor va uno de los coches de clase preferente a solicitar educadamente los billetes para su correspondiente control.

-El billete por favor

-Soy jubilado tengo viaje gratis, contesta uno.

-Yo trabajador de Renfe contesta otro.

-Senador dice el tercero.

-General dice el cuarto.

¿Y usted?

- Yo... yo soy idiota tenga mi billete.

En el mismo tren una mujer muy rubia que iba en clase turista se dirige al coche restaurante y se pone en la cola detrás de un hombre para pedir algo de comer. En ese momento llega una sevillana con gafas oscuras que dice:

-Disculpa pero yo estaba detrás de este señor.

-Te equivocas, guapa, yo estoy detrás de este tío, dice la mujer rubia.

Entonces el hombre se da vuelta y mira a las dos mujeres, y la rubia le dice al hombre ¿Verdad que yo estaba detrás de usted?

-No lo sé señora, yo no he visto nada.

- Vale, póngase en la cola, dice la sevillana a la rubia.

-Que mal ambiente hay en este tren, dice la rubia.

- Al legar el momento de pedir, la rubia pidió un bocadillo bikini y una Coca-Cola y se marchó.
- La sevillana de gafas cuando llegó su turno, pidió también un bocadillo bikini y una Coca-Cola. Entonces el hombre del bar le dijo, no nos quedan más bikini, lo siento señora.
-La cabrona rubia desteñida se robó mi bikini, dijo la sevillana de gafas.
- ¿Perdone señora, no le he entendido? dijo el hombre del bar.
- Que en este tren hay muy mal ambiente, dijo la sevillana de gafas y se marchó sin pedir nada.
El tren estaba ya aproximándose a la estación Zaragoza-Delicias cuando la sevillana se fue a sentar. De pronto vio a la rubia sentada cinco asientos más adelante. Rápidamente se aproximó y le dijo:
-Cabrona, me acabas de robar mi bikini.
-¿Que dices? dijo la rubia.
-¿Cómo te voy a robar el bikini? tu estas en los huesos, pareces anoréxica perdida, no quepo en tu bikini, dijo la rubia.
-Me has robado el bikini, gritaba la sevillana de gafas.
- ésta me acaba de robar el bikini, gritó en frente de todos los pasajeros, apuntando a la rubia.

-La rubia se levantó sin decir palabra y comenzó a recoger su maleta para bajar en la estación de Zaragoza donde el tren acababa de hacer su entrada.

Entonces un estadounidense que iba sentado al lado de la rubia dice:

-Yo no ver señora robar bikini. Este tren va a Madrid y Madrid no playa para bikini.

-¿A ti quien te dio velas en este entierro? dijo la sevillana de gafas mirando al estadounidense.

-Yo no saber nada de entierro, dijo el estadounidense.

-Una almeriense de Agua Dulce que iba en el tren al oír la disputa se acerca a la sevillana de gafas y le dice:

-Guapa, olvídate, de esa rubia desteñía. Aquí tienes un bikini. He comprado cuatro de rebajas en Sevilla, te dejo uno. Las dos somos delgadillas y este te irá bien para Madrid.

-Mirando al estadounidense la almeriense dice: pa que sepas guiri, en Madriz hay piscinas pa lucir el tipo y el bikini.

-Que malo ambiente tener en esta Ave, dijo el estadounidense mientras comía una hamburguesa.

-La rubia ya se había bajado del tren y la sevillana de gafas la seguía con la mirada desde la ventanilla del tren que ya estaba en marcha hacia la estación Madrid Atocha.

Ya es el Colmo

Charlie el dentista no ha encontrado nada mejor que hacer que ponerle dientes a la boca del túnel de Vallvidrera. Ahora cada seis meses tiene que hacerle limpieza bucal, para colmo las encías se han inflamado y Charlie como ha podido ha llegado. Eso no es nada, Frank el médico le da jarabe al coche, pero su mujer, Remedios, le dice: "mi coche no lo tocas". Mario Lanza, el fontanero italiano quiere tener un hijo soldado. No te cuento del forzudo cornudo que ha doblado la esquina y casi le ha caído un piano encima. A Pili la peluquera, le ha dejado el avión por los pelos. A Pablo el electricista, sus hijos ya no le siguen la corriente. Y el cura del pueblo está repartiendo "ostias" en el bar San José. Allí mismo, en ese bar estaba Juan el jardinero al cual su novia Azucena lo dejó plantado. Por otro lado, en una mesa al costado, un soldado de Colorado y poco despabilado tiene una batalla judicial, mientras el chaval juega a los dados con su abogado que en algo le ha ayudado, pero mucho le ha estafado como suelen hacer algunos abogados. Mientras tanto, en la cocina del bar San José, los cocineros preparando los platos del día; para colmo a Facundo, el cocinero machista, le toco cocinar pa'ella.

De Copos de Nieve

Gotas de agua líquida, muy pequeñas y súper enfriadas a menos 10° C, pero no congeladas son las precursoras de los copos de nieve. Cuando las gotas súper enfriadas se adhieren a alguna partícula, tenemos el esbozo de un copo de nieve. El contacto de la gota súper enfriada con un pequeño grano de polen u otra partícula lleva a la formación de un cristal de hielo. Mientras el cristal viaja hasta el suelo, el vapor de agua de la atmosfera se va gradualmente congelando sobre el pequeño cristal, creando una estructura organizada, siempre en la cual la energía es minimizada. En su afán de llegar al suelo, los cristales pueden crecer mucho y ya se establecen contactos y choques entre cristales adyacentes formando los blancos copos de nieve que se acumulan. Así, la blancura se debe a la formación de diferentes tipos de cristales, con diferentes dimensiones, los cuales pueden reflejar todas las longitudes de ondas del espectro electromagnético absorbidas, dando lugar al color blanco que observamos.

Si durante su viaje al suelo, el copo de nieve pasa por una zona de aire caliente, puede sufrir una fundición parcial, para luego volver a congelarse cayendo en forma de granizo.

Cosa de Comunicación

Científicos de Estados Unidos excavaron 50 metros bajo la tierra y descubrieron pequeños hilos de cobre. Después de estudiar esos pequeños trozos de hilo de cobre por mucho tiempo, llegaron a la conclusión que los indígenas norteamericanos tenían una red nacional de teléfonos hace 2,500 años, mucho antes que ATT o Verizon. Por supuesto, a los rusos no les pareció nada bien el hallazgo de los norteamericanos vecinos de Canadá y pidieron a sus propios científicos que excavaran más hondo. A 100 metros bajo tierra encontraron pequeños hilos de cristal, que, según ellos, formaban parte del sistema de fibra óptica nacional que tenían los Cosacos hace 3.500 años. Por su parte, los chilenos no se dejaron impresionar y le pidieron a sus científicos que excavaran 150 metros en la zona del desierto de Atacama, pero no encontraron nada. Entonces excavaron a 200 metros y aún nada. Siguieron excavando hasta 250 metros sin encontrar ni un miserable hilo. Entonces llegaron a la muy lógica conclusión: hace más de 5000 años los indígenas chilenos, llamados Araucanos, ya tenían WiFi.

El Móvil

Vamos a tomar algo dice Laura a su amiga Paulina, pues hace mucho tiempo que no nos vemos y podemos charlar y ponernos al día. Las dos amigas a una *Trattoria* han entrado en el barrio Italiano de Nueva York y en una mesa de la terraza se han sentado pidiendo pasta del día y una caña cada una. Tengo un nuevo trabajo dice Laura. De pronto suena el teléfono de Paulina y dice a su amiga, espera un momento. Paulina contesta la llamada y comienza una conversación con su madre. Mientras tanto Laura saca su móvil y comienza a hacerse selfis para subir a *Instagram*. Llega el camarero con la pasta y Laura le hace una foto al plato de espaguetis y sube la foto al *Instagram* poniendo en el mensaje: "Con mi amiga Paulina almorzando" Suena el teléfono de Laura y es una video llamada desde Miami, de su antigua compañera de colegio, Andrea, que también está almorzando pasta en un restaurante italiano con su amiga Josefina cerca de la playa. La video conferencia entre Laura y Andrea se alarga por una hora donde hablan de todo. Por otro lado, Paulina no se ha despegado del teléfono y con audífonos puestos y manos libres, ha seguido charlando con su madre y el plato de pasta ya se ha acabado.

Al llegar la hora del postre, las dos amigas han pedido helado de chocolate y la cuenta. Han pagado, se han marchado. Al salir de la *Trattoria*, mientras ambas siguen en el teléfono, se dan un abrazo y dicen, que bien nos las hemos pasado; tenemos que vernos con más frecuencia, dijo Paulina. ¡Sí!, la verdad que la hemos pasado estupendo matizó Laura. Se despiden y cada una se fue por su lado con el móvil conectado.

Noche en la Gran Ciudad

Tercer piso de una habitación de hotel con ventana y balcón sobre una calle donde se puede ver los bares, las terrazas y sus mesas con mantel blanco. Cae la tarde, la gente pasea tranquilamente y mira los menús en las puertas de los restaurantes. Grupos sentados de tertulia mientras disfrutan de una fría cerveza. Es tiempo de verano, hay tiempo para todo.

Dejo la ventana abierta y el susurro de tertulias lejanas se introduce en la habitación. Hay vida en la ciudad. Ya el sol se ha puesto, pequeñas farolas alumbran las mesas, las terrazas comienzan a recibir comensales; aperitivos y primeros platos han aparecido.

Dejo la ventana abierta y sigo escribiendo un informe para el día siguiente. El reloj ha avanzado, ya son las once de la noche, me asomo al balcón a contemplar la noche estrellada entre las chimeneas de edificios de siglos pasados. En la calle ya no cabe más gente; las mesas están llenas de comensales tomando paella, chuletón a la brasa, calamares a la romana. El murmullo de las voces de tertulia es más intenso, risas y una sirena de una ambulancia a lo lejos corta la sinfonía de la noche. Hay vida en la ciudad.

Dejo la ventana abierta, para que entre la brisa de la noche y ya me dispongo a descansar, pues al día siguiente debo madrugar. El murmullo de las voces lejanas sirve de melodía de cuna junto a la campana que anuncia la medianoche en la gran ciudad. Así el sueño me vence.

Se oyen voces cercanas. Me asomo a la ventana. Son las dos de la madrugada. Voces nítidas vienen directamente desde abajo.
- Alba me ha dejado tirado, dice un hombre llorando sentado en el suelo con una botella de orujo. Otro que se tambalea le dice, cálmate Nacho. Las terrazas continúan llenas de comensales cenando, otros bebiendo o fumando puros.
-El hombre sentado en el suelo grita: ¡déjame en paz!
-Soy tu amigo Nacho, dice el hombre de pie.
-No tengo amigos dice el hombre sentado, voy a ir donde Alba, dice el hombre sentado ya poniéndose de pie.
- Tienes que ir a tu casa. Mañana ve donde Alba, dice el amigo.
El hombre no se puede mantener de pie y su amigo le ayuda. Las dos siluetas se alejan abrazadas en la oscuridad con la botella de orujo. El murmullo de las tertulias continúa, las mesas siguen llenas, intento dormir.

¡Eres un cabrón, devuélveme el móvil!, Dos hombres se insultan y se arrojan unos tarros de basura. Se acercan dos policías a separar a los hombres que están dándose patadas y puñetazos en la calle. Los comensales solo observan. Todavía hay vida en la ciudad a estas horas de la madrugada. Los policías se llevan esposados a los dos hombres. Contemplo desde la ventana, la tertulia continua, las mesas siguen llenas, gente comiendo. Mejor me voy a dormir.

Cuatro de la mañana; me despiertan los gritos de un hombre: ¡Pecadores os iréis al infierno! Sois todos unos pecadores, debéis buscar la salvación. Me acerco a la ventana y un hombre de larga barba y con una túnica blanca va gritando, mientras los comensales siguen cenando tranquilamente. Un tipo vestido de pantalones de cuero negro y chaqueta a juego, con el pelo recogido en forma de coleta, pasa al lado del hombre de la túnica blanca y le grita: ¡cállate gillipollas! El hombre de blanco se calla y se queda sin moverse. ¡No vuelvas a gritar que te ostio¡, dijo el hombre de la coleta, mientras encendía un puro apoyado en una farola. El hombre de blanco se da media vuelta y se va en dirección Carrera de San Jerónimo. La vida continúa en las terrazas y las cenas siguen, parece que la noche es joven.

Vuelvo a tratar de dormir, el murmullo de las voces se oye desde lejos. Sigue la vida en la gran ciudad.

Ruido de agua me despierta, como si lloviera con intensidad o saliera a alta presión. Son las seis de la mañana, me acerco a la ventana. Las mesas de las terrazas han desparecido; no se ve nadie. Tres hombres vestidos de un uniforme verdoso barriendo la calle y arrojando agua con grandes mangueras. El sol comienza a alumbrar. En la esquina, sentado sobre un cajón, un gitano con una guitarra entona una melodía. Ha llegado la mañana, parece que ya no hay vida en la ciudad. El gitano comienza a cantar:

"Ayyyyy…….. Te quise te quiero y te querré en la forma que tú quieres que te quieran y no hay nadie ni nadie ni lo habrá, que me haga pensar de otra manera, aaaayyy"………

Calle de la Victoria, Madrid 2018

Huerres

En Colunga en la playa de la Isla, arena dorada, azul cielo, aroma a algas y verde todo, todo verde y a lo lejos un hórreo, granero del latín, desde la edad media, como dice la enciclopedia que nos delata que estamos en Asturias de muchas centurias. Tierra habitada desde el paleolítico donde cazadores moraban hace ya más de 40,000 años.

Subiendo por un sendero llegamos a Huerres que antiguamente se denominaba Buerres o más recientemente Guerres en Bable; el tiempo lo cambia todo, pero la esencia permanece. De este pequeño pueblo que mira al mar, los Perez de Buerres son habidos en tiempos remotos. Vestigios de épocas pasadas es la pequeña capilla dedicada a Santa Catalina de Alejandría ya del siglo XVI.

Caminando por un polvoriento camino en Huerres o Buerres que veo y rodeo, Horreos a cada lado y a lo lejos el único bar, allí en lo alto mirando al mar. El camarero es un mallorquín que se ha cansado de tanta gente en las Islas Baleares y ha venido a buscar paz en Huerres, siempre mirando el mar para mejor pasar y soñar.

Allí, en la terraza del bar mirando al mar, la gastronomía asturiana pasa frente a los ojos del comensal todo muy especial; calamares, mini-cachopos, ensaladas verdes, tortilla de patatas, croquetas de bacalao, pan de maíz y de postre helados, fruta fresca y al que le apetezca un licor para mirar a babor o estribor; ¿en qué pueblo se come mejor señor explorador? Si el camarero es como un prestidigitador, lo que pidas de comer lo hace aparecer y de gran calidad, solo en Huerres puede ser.

Palacio de Cutre, Asturias, 26 de junio del 2019

El Azote Justiciero

Lagar del Ciervo es un pueblo en un punto de la geografía española con origen probablemente romano. Conocido por la manufactura de embutidos de gran calidad. Un pueblo tranquilo donde cada uno se dedica a lo suyo. El casino era el lugar de encuentro de los habitantes del pueblo en una época donde no había internet ni teléfono móvil. Allí, los acontecimientos, noticias y chismes se narraban de boca a oído mientras se jugaba a las cartas, se tomaba una copa, se almorzaba o cenaba. Los grandes proyectos para el pueblo se discutían en el casino, ya que don Segundo, el alcalde, estaba siempre presente jugando al dominó los días viernes y sábado y escuchaba las propuestas que se le hacían y las quejas de los vecinos.

También se dejaba ver en el casino Agustí Solé, un viudo fornido, de mal humor, vestido de traje y corbata que era dueño de varios edificios con locales comerciales en la zona. Tenía fama de tratar mal a sus empleados y su coche lo aparcaba en cualquier lugar que le apetecía, sin tener consideración por las reglas establecidas en la pequeña ciudad de Lagar del Ciervo, pero nadie se atrevía a decirle nada, pues tenía muy mal genio y a todos intimidaba. Cuando Agustí Solé iba al casino, pedía una copa o almorzaba y nunca pagaba, solo decía póngalo a mi cuenta. La cuenta podía pasar un año impago y solo pagaba cuando le daba la gana. Iba a misa todos los domingos; se sentaba en los primeros bancos de la iglesia y estaba muy presto para hacer donaciones a la iglesia, por lo cual el cura era quizá la única persona de Lagar del Ciervo que le tenía aprecio.

A unas manzanas próximas al casino vivía Eulalia que tenía una pequeña tienda donde vendía hierbas medicinales, preparadas por ella, continuando el negocio familiar que le dejó su padre. Hacia un par de años que había regresado de Madrid con su hijo Fernando de diez años de edad para hacerse cargo del negocio de su padre. Llevaba todos los días por la mañana a su hijo Fernando al colegio, muy cerca del casino de Lagar del Ciervo y luego se iba a su tienda. El colegio tenía un patio donde los niños jugaban al fútbol. El patio del colegio delimitaba con el jardín de una gran casona del siglo XVII donde vivía Agustí Solé. Una fría mañana de Enero, Eulalia llevó a su hijo al colegio como todos los días. Al regresar a recogerlo, alrededor de las tres de la tarde, cuando la jornada escolar terminaba, se encontró con Fernando a la entrada del colegio asustado, llorando y con sus gafas rotas.

-¿Qué te ha pasado? preguntó Eulalia.

- El señor de esa casa me ha pegado y me ha roto las gafas, dijo Fernando señalando la casa que limitaba con el colegio.

- ¿Por qué te ha pegado?

-Fui a buscar el balón que había caído en su jardín, entonces ese señor salió y me tiro al suelo, me rompió las gafas y se quedó con el balón.

-¿Informaste a tu profesor del problema con ese señor? preguntó Eulalia.

-Sí, pero el profesor dijo que me calmara que no se podía hacer nada, pues el señor Solé tenía mal genio y era nuestra culpa por lanzar el balón en su jardín, dijo Fernando.

- ¿El señor Solé? preguntó Eulalia.

-Si, a si dijo el profesor que se llama el señor de la casa, contestó Fernando.

Eulalia, no dijo nada más y se fue caminado con Fernando a su casa. Al llegar a casa, no se habló más del tema. Eulalia preparó la merienda y luego cenaron. Al día siguiente por la mañana Eulalia llevó nuevamente a Fernando al colegio. Después de dejarlo en el colegio se dirigió al rio donde crecían los juncos. Cortó el trozo más largo de junco que encontró y luego esperó a que fuese alrededor de las 13:30 horas para dirigirse al casino. Era la hora propicia para comenzar a tomar el aperitivo y probablemente el casino ya estaría lleno como era habitual durante los días de semana. Eulalia nunca había ido al casino. Al entrar al casino todos se sorprendieron de verla allí. Se dirigió a la barra del bar y pidió un vermut y dejó por un instante sobre la barra del bar la varilla de junco que portaba.

El hombre del bar rápidamente le sirvió una copa de vermut. Eulalia se dio la vuelta y comenzó a observar el entorno. Había varias mesas donde se veía gente charlando. Un hombre gordo con boina en un rincón, fumando un puro y bebiendo una copa de algo que parecía jerez. Cuatro hombres en mangas de camisa de unos cincuenta años en una mesa central jugando a las cartas. En otra esquina se veía a tres hombres de traje y corbata jugando al dominó, uno de ellos parecía muy corpulento y gesticulaba con las manos. Al lado, dos hombres jugando al billar vestidos en ropa sencilla y bebiendo ginebra. Dos jóvenes de unos veinte años escribían algo en un papel y hablaban con una chica en una mesa próxima a la puerta de entrada al casino.

Eulalia, cogió la copa de vermut y se la acercó a los labios, después de un sorbo, la dejó nuevamente sobre la barra del bar y llamó al hombre del bar.

-Oiga, dijo Eulalia.

-Sí, señora, dijo el hombre del bar.

-¿Quién de todos estos es Agustí Solé?, preguntó Eulalia.

-El señor Solé es el de traje marrón que está en la mesa de la esquina con esos dos señores, el que se ve más corpulento, dijo el hombre del bar.

-Gracias, ya iré hablar con el señor Solé, dijo Eulalia.

- No señora, dijo el hombre de la barra. Usted no puede molestar al señor Solé. El señor Solé nos ha dicho que nadie se puede dirigir a él cuando está en el casino, dijo el hombre del bar con voz de preocupación.

Eulalia, no dijo nada y cogiendo la varilla de junco se encaminó hacia la mesa del fondo del salón donde estaban los tres hombres jugando al dominó. Al llegar próximo al hombre de traje marrón, Eulalia lo observó detalladamente, pero éste no levantó la cabeza.

-Tú eres un cobarde que pega a un niño indefenso!, dijo Eulalia en voz alta.

De pronto todo el casino enmudeció, solo se oía el zumbido de un abejorro que volaba rondando una lámpara y los comensales comenzaron a mirar hacia donde estaba Eulalia. El hombre de traje marrón seguía sentado sin levantar la vista y no decía nada. Los dos hombres que estaban en la mesa con él, se apartaron al ver la furia en el rostro de Eulalia.

-Ponte de pie, mientras te hablo, cobarde, dijo Eulalia.

El hombre corpulento de traje marrón, no levantaba la vista, pero comenzó a temblar. Nunca nadie le había hablado así.

Eulalia levantó la varilla de junco, le dio tres azotes y dijo:

-Para que aprendas a no golpear a un niño, cobarde.

El hombre de traje marrón no dijo nada y solo se tocó la cara donde le había caído uno de los golpes. Eulalia, se dio media vuelta y lentamente se dirigió a la puerta de salida, mientras espontáneamente todos los que presenciaron la escena comenzaron a aplaudir.

Desde ese momento, Agustí Solé comenzó a tratar mejor a sus empleados, respetaba todas las leyes del pueblo y puntualmente pagaba las cuentas del casino. El *"jarabe de palo"* había surtido efecto. Aún más, cada año Agustí Solé hacia una donación monetaria importante para el mantenimiento de la pequeña escuela del pueblo. Así, el azote justiciero trajo grandes beneficios para todos en el pequeño pueblo de Lagar del Ciervo, perdido en la geografía española donde todo era tranquilidad y las reglas se volvieron a respetar.

Segovia, 28 de junio, 2019

Los Café Bar

Dicen que los cafés constituyen la mesa de trabajo de los literatos. ¿Cuántas obras maestras de la literatura se han escrito en un café? Hay muchos cafés que han desparecido, con razón ya no hay literatos.

Recuerdo un café llamado Paula, en la ciudad de Valdivia de los años 80 del siglo XX. Allí se reunían filósofos, profesores y estudiantes, se hablába de política filosofía y ciencia; eran años difíciles para la libertad del pensamiento. Allí se veía a Jorge Millas el gran filósofo y decano de la universidad. Subía al salón del segundo piso y con sus colegas tomaban un café y hablaban de filosofía, jugaban al ajedrez; las tertulias con los estudiantes duraban largas horas. Ha pasado el tiempo y ese café también ha desaparecido.

En el Madrid en la última década del siglo XX recuerdo una visita al café Gijón, junto a la Castellana ya pasada la medianoche. En una mesa al fondo de la sala junto al ventanal, una radio local entrevistando al escritor Camilo José Cela, mientras unos continuaban con la cena o tomaban un café intercambiando productos del pensamiento humano. Así, con un café se resolvían los más complejos problemas. He vuelto al café Gijón varias veces, pero ya no es lo mismo. Los escritores parece que se han extinguido del lugar y los turistas son los okupas. Parece, que Cela también frecuentaba otro café de Madrid por nombre el Comercial. Allí, junto a la estación de metro Bilbao se dice que Cela escribió pasajes de su novela *La Colmena*. Hasta la estrofa de un chotis de Marcial Guareño fue inspirada en aquel café: *"Quiere usted tomar un café rico, acuda al Comercial que es exquisito"*

Otro café con tradición que podemos mencionar es la Casa Fuster en el Paseo de Gracia en Barcelona donde se reunía la Barcelona intelectual del siglo XX y los jueves tiene conciertos de jazz y más de alguna vez se ha dejado ver allí el excéntrico director de cine y pájaro raro, Woody Allen.

Cosa diferente son los cafés de Estados Unidos. Todos son parte de una cadena donde tratan de parecer cafés antiguos y no lo son ni parecen y lo peor es que el café es bastante malo. Allí menos se ve escritores de los de antes; o nunca existieron. Los okupas son los estudiantes, que con un café pasan el día sentados mirando las pantallas de los ordenadores, haciendo deberes y nadie habla con nadie. En esos cafés hay más concurrencia que esencia y la sapiencia brilla por su ausencia. Ya no son los cafés de tertulias.

La Bonanova, Barcelona, 3 de julio, 2019

Langostas en Aprietos

Este cuento empieza como todos los cuentos. Había una vez, en alguna parte del mar Atlántico, cercano al estado de Maine en EEUU, dos alegres langostas llamadas Igor e Iker. Su padre les había advertido no aventurarse mar adentro, pues los pescadores con sus trampas las podrían capturar. Mas ellas lo sabían y juguetean entre las trampas sin dejarse atrapar. Un día de madrugada jugueteando por el mar, Igor vio una gran perla suspendida en el fondo marino y se aproximó prudentemente para observarla con más claridad. Ten cuidado, le dijo Iker mientras charlaba con un grupo de sepias que merodeaban el lugar. De pronto se oyen gritos de Igor,

-Ayúdame, creo que estoy atrapado.

Rápidamente Iker se desplazó al sitio de donde provenían los llamados de Igor. Al llegar Iker donde estaba Igor, lo vio muy junto a la perla suspendido en el mar.

-¿Que ha pasado?, preguntó Iker,

-No puedo salir de aquí, dijo Igor.

-No veo trampa alguna, replicó Iker y se acercó lentamente a la perla donde estaba Igor. Al llegar a 50 centímetros donde estaba Igor y la perla, Iker también sintió una sensación como una fuerza que lo arrastraba hacia la perla, como pudo se cogió de algunas algas para poder resistir, pero al final terminó atrapado, pero no se veía una jaula como las tradicionales que ellos conocían perfectamente y siempre habían tratado de evitar.

- Estamos atrapados en algo misterioso. Espero que no sea un nuevo tipo de trampa de los pescadores, porque sería nuestro fin dijo Iker.

De pronto la perla comenzó a desplazase hacia la superficie del mar con Iker e Igor junto a ella sin poder despegarse de la perla. Al llegar a la superficie, vieron que la perla estaba sujeta por un hilo invisible y era parte de una jaula que solo se veían sus límites cuando estaba fuera del agua e iluminada por la luz solar. Ahora lo tenían claro; los pescadores tenían un nuevo sistema de trampas que jamás habían visto Seguramente era la primera vez que la usaban, pues nadie de la comunidad de langostas había avisado de este nuevo tipo de trampas. Ahora Igor e Iker estaban aterrorizados pues acabarían seguramente en algún restaurante como *Woodman's* de Essex en Massachusetts, de gran fama, o en el mercado de langostas.

Al ver a las dos langostas, Jerry uno de los pescadores, exclamó:

-Great, that MIT invention finally works!

-Yes, indeed, dijo Mike el otro pescador.

Entonces Iker e Igor fueron bajadas sobre la cubierta del barco y separados de la perla con una especie de instrumento que parecía un teléfono y emitía un haz luminoso de color azul. Mike, el pescador, miró atentamente a Iker e Igor luego de ponerlas en una bandeja con hielo, las llevó bajo cubierta donde había varios estanques con muchas langostas de diferentes tamaños. Algunas eran muy grandes y deberían ser muy mayores ya. Iker e Igor eran de tamaño pequeño. Todos los estanques estaban marcados. El de las langostas más grandes tenía un cartel que ponía *Woodman*. En el estanque con las langostas de medio tamaño, ponía *Whole Food Market* y el estanque de las langostas pequeñas, con 50 de ellas, donde estaban Iker e Igor, tenía un cartel que ponía sencillamente *Brookline.*

Los motores del barco se pusieron en marcha e Iker calculó por la posición del sol que sería alrededor de las 11 de la mañana.
-¿Dónde vamos? comenzó a gritar Igor. Una de las langostas del estanque marcado con la palabra *Woodman* dijo con voz grave:
-Este barco va a Boston que queda un poco más al sur.
Cerca del estanque donde estaban Igor e Iker había una ventana redonda desde donde se podía mirar hacia el exterior y se veía el azul del mar de un día de sol y mar tranquila.

Luego de un par de horas de viaje, llegaron al puerto de Boston; entrando por la bahía se veía mucha actividad, veleros navegando, barcos de turistas y aviones a muy baja altura aproximándose al aeropuerto de Logan. Iker e Igor nunca habían visto un panorama de ese tipo, así que eso les hizo olvidarse por unos minutos de la situación de prisioneros en la que se encontraban. El pesquero recorrió toda la bahía hasta llegar a la zona de *Charlestown,* donde se encuentra amarrado el buque más antiguo de la marina de EEUU en comisión activa, el *"USS Constitution",* una fragata del 1797.

Al llegar a puerto, varios hombres vestidos con pantalones y chaquetas color amarillo esperaban el barco junto al muelle. Los hombres de amarillo comenzaron a descargar los estanques con ayuda de unas grúas. Los primeros en salir fueron los estanques más grandes. Iker vio por la ventanilla como llevaban uno de los estanques grande a una bodega cerca del sitio donde estaba amarrado el pesquero. Luego se llevaron los estanques de tamaño mediano a la misma bodega. Pasó un largo rato y los hombres no volvían al barco. Iker e Igor empezaron a temer que ellos acabarían en la cocina de los pescadores y les entró un pánico. Después de media hora de espera, los hombres de amarillo volvieron al barco y comenzaron a descargar los estanques donde estaban Iker e Igor. Los condujeron a una nave industrial refrigerada donde había muchos estanques. Al cabo de un rato los hombres vestidos de amarillos apagaron las luces cerraron las puerta y todo quedó en silencio. Iker le dijo a Igor,
-De esta no salimos vivos.

Debe haber transcurrido más de 24 horas cuando las puertas de la nave se abrieron y se encendieron las luces. Al poco rato entraron los hombres vestidos de amarillo y comenzaron a mover los estanques marcados con la palabra *Woodman*, que eran los más voluminosos donde las langostas más grandes estaban recluidas. Al cabo de un rato, las luces se volvieron a apagar y la puerta de la nave se cerró nuevamente y todo quedo en silencio.

-¿Qué pasará con nosotros? decía Iker- mientras nadaba de lado a lado por el estanque aferrado todavía a las algas de las cuales se había cogido antes de ser atrapado por la perla.

-Al menos aquí el agua esta fría como en Maine y no nos han torturado, comentaba Igor.

Las horas pasaban y los hombres vestidos de amarillo no habían vuelto. Quizá se habrán olvidado de nosotros pensaba Igor. No se podía saber si era de día o de noche, pues la nave no tenía ventanas y era como un refrigerador muy grande y oscuro.

-Seguramente esta nave la construyeron para que pareciese el fondo del mar, decía Iker.

Después de 24 horas, las luces de la nave se encendieron y allí estaban nuevamente cuatro hombres vestidos de amarillo que comenzaron a trasladar los estanques fuera de la nave. Desde la puerta de entrada a la nave se reflejaba una gran luz exterior, que indicaba que era muy temprano por la mañana. Igor e Iker veían como el estanque donde ellos estaban fue colocado en un gran camión junto con otro estanque del mismo tamaño. El camión rápidamente emprendió la marcha, saliendo de la zona portuaria de *Charlestown.*

-Seguramente nos llevan a ese lugar llamado *Brookline* dijo Iker, ya que el estanque donde estamos pone *Brookline.*

Igor no decía nada, estaba pensativo. El camión tomó la ruta de *Memorial Drive,* pasando por el campus del MIT, para luego cruzar el puente de la *Boston University* girando a la derecha en *Comm. Av.* para continuar luego por la calle *Saint Paul* en dirección al *Coolidge Corner.*

-Tienes razón, Iker, vamos a *Brookline.* Acabo de ver un cartel que ponía *Welcome to Brookline,* dijo Igor.

El camión continuó su camino por *Harvard Avenue* y se estacionó frente a un mercado llamado *Wulf's Fish.* Allí el estanque en el cual viajaban Igor e Iker con otras langostas, fue descargado y puesto en un gran refrigerador donde pasaron la noche del viernes.

Sábado por la mañana y *Wulf's Fish* había ya abierto cuando los primeros clientes en entrar fueron Fedora y Patricio, residentes de *Brookline* desde hace muchos años. Fedora le comenta a Patricio:

-El pescado se ve muy fresco.

-Póngame un rape que se ve bonito. ¿Éste señora?

-No, ese que es un poco más grande dice Patricio y ½ kilo de almejas también, dice Fedora.

-Vale, dice el hombre de la pescadería. ¿Algo más?

¿Tiene langostas? pregunta Fedora.

-Sí, señora. Tenemos unas langostas estupendas que han llegado de Maine, precisamente ayer.

¿Qué tamaño desea?

-Bueno que no sean muy grandes y serían cuatro.

¿Puedo verlas? Sí, ahora las traigo.

El hombre de la pescadería entró en la sala refrigerador de la pescadería y con una cesta grande cogió 6 langostas y las puso en una bandeja para enseñarlas a Fedora y Patricio.

-Aquí están señora, langostas de la mejor calidad de Maine.

¿Cuáles te gustan?, preguntó Fedora a Patricio.

-Patricio indicó dos langostas que se movían mucho y el hombre las cogió y las puso sobre la mesa. Fedora dijo:

-Esas dos que están como cubiertas por esas algas se ven bonitas, pero no se mueven. ¿Están vivas? Preguntó Fedora.

-Si señora, todas están vivas, lo que pasa es que las langostas son muy listas y algunas se quedan tranquilas y no se mueven cuando hay mucha gente mirándolas.

-Pues esas dos con las alguitas me gustan, dijo Fedora. Además, tienen una especie de línea verdosa en la cabeza que me agrada.

-Vale señora, ¿quiere que se las hierva aquí y luego las pasan a recoger?

No, dice Fedora, póngamelas con las alguitas y en una caja con hielo que ya las prepararemos nosotros.

-Perfecto señora no hay problema. Al cabo de un rato, Fedora y Patricio salen de la pescadería con la compra para el fin de semana. Las langostas iban en una caja con hielo rodeadas de algas. Fedora y Patricio subieron al coche y pusieron rumbo a casa muy cerca del campus de la Universidad de Boston. Al llegar a casa con la caja con langostas, que era muy grande, la guardaron en el refrigerador del sótano y el pescado en el refrigerador de la cocina.

-Hemos traído pescadito y langostas para esta noche, dice Fedora a Aquiles y Atenea que estaban mirando la tele. -Que bien mami, dice Atenea. Aquiles que estaba inmerso en su ordenador no dijo nada.

Mientras tanto en la oscuridad del refrigerador del sótano, dos langostas comenzaron a llamarse.

¿Simona, estas allí?

-Si aquí estoy, dijo Luz.

¿Quiénes sois vosotros allí escondidos en las algas? preguntó Simona al ver a otras dos langosta compartiendo hábitat.

-Yo soy Iker y ese es mi primo Igor. Somos de Maine dijo Igor.

-Pues nosotros también dijeron Simona y Luz.

-¿Qué mala suerte conocernos en estas circunstancias? No tenemos escapatoria, dijo Luz.

Mientras tanto, Igor no decía nada, estaba cabizbajo y pensativo e Iker golpeaba el hielo con su pinza atada con una banda de goma de color amarillo.

Por la rendija de la caja las cuatro langostas pudieron ver que la luz del refrigerador se había encendido, señal que estaba abierto. Vieron que Fedora cogía la caja y eran transportados escalera arriba donde estaba la cocina. Mientras tanto, Patricio estaba en el comedor escribiendo un informe que debía entregar el lunes. Fedora se dirige al comedor y le dice a Patricio:

-Ya he hervido el agua para matar las langostas.

-Voy en unos minutos dijo Patricio.

Al cabo de unos minutos, Patricio entra en la cocina y ve las cuatro langostas sobre la mesa de la cocina moviéndose; los dos perros, Ur y Maxi, sentados, mirando atentamente los movimientos de las langostas. Patricio mira el agua y no estaba hirviendo. Entonces dice:

-Las langostas no se pueden matar así, el agua tiene que estar hirviendo.

Atenea miraba y Aquiles, que observaba el cuadro desde lejos dijo:

-Esto es como el exterminio de judíos que hacían los nazis en Auschwitz donde los mandaban a las cámaras de gases para eliminarlos.

-Que un animal como un pez, un insecto o una langosta, no se quejen, chillen o griten, no quiere decir que no sientan; ellos también sienten y sufren y no los podemos hacer sufrir, decía Aquiles. Nosotros los humanos no podemos entenderlos porque, ellos son parte de otras especies y no estamos preparados para comprender su lenguaje, pero ellos también sienten emoción, dolor, placer, miedo y emociones positivas y no podemos torturarlos de esa manera.

Después del discurso de Aquiles, todo fue silencio. Las langostas seguían moviéndose por la mesa de la cocina mientras Ur y Maxi las seguían atentamente con la mirada.
Entonces ocurrió algo inesperado.
-Se acabó, dijo Fedora.
Cogió las cuatro langostas las volvió a meter en la caja con hielo y algas, luego salió por la puerta trasera de la cocina con ellas.
¿Mami dónde vas? Aquiles preguntó.
No hubo respuesta, Fedora se subió al coche con la caja de langostas y se marchó. Pasaron aproximadamente dos horas y no se tenía noticias de Fedora. Al subirse al coche con las langostas llámense, Iker, Igor, Luz y Simona, Fedora se había dirigido a la zona del Acuario, muy cerca del puerto. Allí al borde del mar, abrió la caja y cogió primero a Iker con la intención de devolverlo al mar. Pero Iker vio que tenía las pinzas atadas con la goma de color amarillo y comenzó a moverse intensamente, para que Fedora notara que, si tenía intenciones de devolverle al mar, allí no sobreviviría con las pinzas cogidas. Entonces como pudo le apretó un poco la mano a Fedora y allí ella se dio cuenta que debía sacarle las gomas. Muy cerca una pareja miraba atentamente el cuadro. Una vez que

Fedora les quitó las gomas a los ya cuatro amigos, los depositó suavemente en el mar. Iker, Igor, Luz y Simona, saltaban de alegría. No entendían nada de lo que había pasado, menos aún entendía la pareja que observaba a Fedora devolviendo cuatro langostas vivas al mar. Las cuatro langostas salieron corriendo por el fondo marino hacia mar abierto para por fin regresar a Maine.

Todo por Culpa de un Jabalí

En la Barcelona de la década de los años 60 del siglo XX, la España Franquista reprimía y controlaba cualquier expresión cultural ajena a lo dictado por el régimen. La mayoría de las familias burguesas de la época, miraban hacia Francia para estar al día en los movimientos de vanguardia en el mundo del cine, literatura, moda y arte.

Joaquim de la Geltru, el barón de la Maduxa, era de una familia tradicional en la cual los protocolos y las costumbres familiares se mantenían y se traspasaban de generación a generación sin la más mínima modificación. Provenía de una familia asentada en Urgell, en Lérida, con una historia familiar que se entremezclaba con la historia misma de Cataluña, pero también estaba muy orgulloso de ser parte de la gran España. Uno de sus antepasados más ilustres fue Jordi de la Geltru, médico personal del rey de Aragón Jaime I el Conquistador (2 de febrero de 1208, Montpellier, Francia, 27 de Julio de 1276- Alcira, España). Cuenta la leyenda que estando de paso el rey Jaime I por la zona de Fonolleres a 14 kilómetros de Urgell, cayó enfermo con fiebres muy altas y no había médico que pudiera atenderle en su campamento. Entonces el conde de Urgell sugirió traer al eminente médico Jordi de la Geltru de Urgell que él conocía personalmente. Rápidamente salió el conde de Urgell con tres hombres a caballo en busca del médico diciendo que a media tarde estarían de vuelta. Al regresar al campamento del rey, el medico entró en la tienda y pudo constatar que la fiebre del rey era muy alta. Entonces abrió una bolsa y extrajo unas setas y dijo:

-Hervir estas setas por 20 minutos, luego colarlas y darle de beber al rey el líquido tres veces al día por dos días. Al final del primer día ya se sentirá mejor.

Jordi de la Geltru era un gran conocedor de las setas y sabía que algunas tenían algún componente que podía curar enfermedades y otras incluso podían hacer que una persona alucinara y llegara hasta la muerte. Efectivamente, al final del primer día, el rey ya no tenía fiebre y se pudo levantar. Hizo venir al médico y le agradeció la sanación y como recompensa le concedió el título de barón de la Maduxa y le pidió que fuese su médico personal.

La historia del médico que salvó al rey Jaime I fue pasando de boca en boca en la familia, por más de treinta generaciones, hasta llegar hasta el siglo XX, con más de alguna modificación como toda tradición oral, pues el relato escrito de los hechos no ha llegado a nuestros días.

Ya en la Barcelona de la segunda mitad del siglo XX, Joaquim de La Geltru el XXXII barón de la Maduxa, había seguido la carrera de química y se desempeñaba como profesor en la Universidad de Barcelona, además de tocar el violoncelo y el piano que eran sus aficiones junto con los juegos de cartas el sábado y las tertulias artísticas y conciertos en el tradicional Teatro del Liceo junto con la familia. Las puestas de largo, las bodas con sombreros de copa, la asistencia a los eventos sociales del Club de Polo y al hipódromo en los coches con chofer al servicio de la casa, era la vida de la alta burguesía de la época. Por otro lado, el barón de la Maduxa era un conocedor de las setas las cuales iba a recoger cuando se encontraba en su masía en el pueblo de Sabatiel del Cap. Era también un afamado cazador que ganaba todos los concursos de montería y muy admirado en su grupo ya que había cazado elefantes y tigres en África con su amigo el señor Novavil, algo que en el siglo XXI estaría considerado como políticamente incorrecto. Joaquim de la Geltru había contraído matrimonio con Marta Picó i Forcadell hija de un empresario de telas de Barcelona. Vivian en un amplio piso en la calle Muntaner. Tuvieron dos hijas, llamadas Jacinta Teresa y Maria Carme y un niño al que llamaron Ricardo, el cual siguió la carrera de leyes, era de buen hablar, muy refinado y culto, pero algo inseguro. Su padre el barón le enseñó el arte de cazar que se le daba muy bien. Como tradición familiar, Ricardo acompañaba a su padre con su grupo de cacería cada año en septiembre a Agullana, cerca de Figueras (Gerona), donde abunda la buena caza de jabalíes.

Ambas niñas fueron educadas como princesas en el mundo de la Barcelona burguesa del siglo XX. Maria Carme la menor, contrajo matrimonio con un abogado de una familia bien y dedicado a su profesión, que llegó a ser ministro de la corte de justicia. La hermana mayor, Jacinta Teresa casó con un joven también de buena familia de nombre Adriano Cusi Planells. Su padre, don Francisco Cusi era un señor muy trabajador y de buen corazón, pues al que algo le faltaba, él se lo daba. Era mayorista de géneros de punto en Barcelona y exportaba a Colombia y otros países de la América del Sur. La madre de Adriano Cusi era hija de un empresario importador de colonias y mecenas de las artes, don Antonio Picornell que en su casa tenía una colección muy grande de arte románico y pintura catalana. Adriano, creció como hijo único donde sus padres le compraban y le daban todo lo que él pedía. Era listo y simpático, capaz de vender un calentador en el desierto y con sus historias a todos entretenía. Había estudiado leyes y psicología, trabajó un tiempo en la empresa de su padre, pero su espíritu un tanto bohemio y rebelde estaba reñido con el horario de oficina. Había días en que desaparecía y nadie sabía dónde encontrarlo. Jacinta Teresa llamaba a su suegra, anunciando que, a casa, Adriano no había regresado. Entonces esposa y suegra recorrían los bares de la Barceloneta en el coche con chofer, probando uno que otro Vermut, mientras preguntaban por Adriano. Luego de recorrer muchos de los bares que Adriano frecuentaba, pasado ya el mediodía, en alguno de ellos estaba bebiendo con amigos que hacía en el camino y contando historias y aventuras que seguían desde la noche anterior. Durante esas tardes bohemias, tampoco se acordaba donde había dejado el coche. En más de alguna ocasión el coche tuvo que ser rescatado por una grúa de las aguas del puerto. Una vez que su madre y mujer le rescataban de los bares, se pasaba todo el día durmiendo. Luego subía al tercer piso de su casa donde tenía una gran biblioteca con libros en número cercano a los 5000, algunos incunables, donde ya no cabía uno más. Los libros era algo con lo que disfrutaba, tocándolos y revisándolos. Coleccionaba libros muy raros, cuya probabilidad de haber llegado enteros al siglo XX era una anomalía, como son los libros de cocina, continuamente expuesto a los fogones. La pasión por los libros la mantuvo durante toda su vida. Hizo amigos y enemigos con muchos de los libreros de la época en Barcelona y Madrid. Un libro muy curioso en su colección, El *Libre del Coch* o *Libro de guisados* de Ruperto de Nola escrito en el siglo XVI, es uno de los libros más interesantes de la cocina catalana. No es solamente un libro de recetas sino también una guía de como servir la mesa. Todas las recetas en el libro parecen muy contemporáneas, excepto una: Gato asado al horno. Sí efectivamente, en el siglo XVI el gato era una carne muy preciada, pero en el mismo libro se hacían sugerencias de no comer la cabeza, pues la persona podría padecer trastornos mentales al hacerlo. Quizá esto está relacionado con lo que hoy conocemos como la enfermedad de los priones. Los priones son unas proteínas mutadas que forman agregados moleculares responsable de encefalopatías espongiformes también conocidas como la "enfermedad de las vacas locas" en el ganado y la enfermedad de Creutzfeldt-Jakob en humanos.

Ricardo, admiraba a su cuñado Adriano, pues hacia travesuras y gamberradas que a él le hubiera gustado hacer. Un día estando Ricardo y Adriano de copas, hablando en un conocido bar que se había inaugurado unos meses atrás en Barcelona, Ricardo le comentó que ya era temporada de caza y que iría con su padre a Agullana para la reunión anual de cazadores del jabalí. Mientras Adriano le miraba atentamente y le dijo:
-Pues la verdad que yo nunca he cazado. Me parece que una vez le pegué un tiro a un par de gatos que merodeaban por el jardín de casa.
-Bueno, ya sabes Adriano, mi padre es un gran cazador y cazar un jabalí no es tan fácil y requiere experiencia y destreza, decía Ricardo.

-Yo creo que es fácil, miras al jabalí y paff, le disparas y se acabó dijo Adriano.

-No, no Adriano, decía Ricardo. Primero tienes que encontrar al jabalí y son animales muy listos que salen a las primeras horas de la noche o las primeras horas de la madrugada. Durante el día se la pasan durmiendo en áreas de denso follaje.

-Salir a cazar de madrugada, uff que pereza, dijo Adriano.

-La verdad que mi padre prefiere salir a cazar de madrugada ya que ha tomado la costumbre de cuando salía a recolectar setas, que siempre se encuentran más durante la madrugada.

-Los jabalíes detectan el olor humano fácilmente y a gran distancia. Así, que antes de ir a cazar jabalíes tienes que asegurar de estar libre de olores, incluyendo perfumes, para que los jabalíes no detecten tu presencia antes que tú los detectes a ellos, decía Ricardo.

-Muchos cazadores de jabalíes se bañan en una mezcla de jabón líquido y bicarbonato sódico antes de salir de cacería para eliminar olores. Con la misma mezcla lavan la ropa, explicaba Ricardo.

-La caza del jabalí se puede hacer con diferentes armas como una escopeta, rifles o arcos y flechas. Mi padre me enseñó a cazar el jabalí con rifle, ya que es más efectivo que el arco y las flechas y la escopeta; el rifle te permite disparar a más distancia de la presa. Cuando disparas al jabalí, siempre tiene que ser directamente al corazón para una muerte certera y evitar que sufra. El modo de hacerlo, según me enseñó mi padre, es apuntar al hombro del jabalí en la parte alta de la pata y así llegarás al corazón. Ricardo hablaba de la caza del jabalí, prácticamente como un catedrático del tema. Ricardo estaba entusiasmado, por fin enseñando a Adriano algo que él conocía bien y Adriano no. Esto último le producía más satisfacción aún, ya que Adriano todo lo sabía.

- ¿Cómo te aseguras de que hay jabalíes en la zona donde vas a cazar? Preguntó Adriano

-Buena pregunta, querido cuñado, dijo Ricardo.

-La respuesta sencilla es que primero hay que mirar cuidadosamente el terreno para identificar las posibles huellas que se pueden diferenciar claramente de las de un perro, un ciervo o un oso, ya que las marcas de las huellas de un jabalí son un tanto circular. También debes observar con atención los árboles a los que les falte un poco de corteza ya que los jabalíes tienden a frotarse para aliviar el calor y hasta se puede encontrar pelo de ellos lo que permitiría seguirles el rastro.

-Ya me has entusiasmado, vamos entonces a cazar jabalíes con tu padre, dijo Adriano, rellenando su copa de vino.

-Calma, calma Adriano, ya sabes que mi padre es muy estricto en esto de la montería y además irá un grupo de cazadores casi profesionales como los señores Novavil, Guitarte, Barés y unos franceses, dijo Ricardo. De todas maneras, preguntaré a mi padre y le diré que quieres ir de observador para aprender.

-Hombre, Ricardo, me gustaría pegar algún tiro si voy, nada de observador, dijo Adriano.

Pasaron unos días y Ricardo le comentó a su padre que Adriano, quería también participar de la cacería como observador.

-De ninguna manera dijo, el barón. Adriano no tiene licencia de cazador, y esta es una competencia importante con los mejores cazadores de la zona. Todos los que entren en el coto de caza, tienen que ser expertos en montería. Si quiere puede venir con Jacinta Teresa a la cena de recepción en el hotel Duran en Figueras, pero nada más.

Pasaron algunos días y Adriano, le dijo a Jacinta Teresa, su mujer:

-Dile a tu padre que me deje participar de la cacería del jabalí. Tu hermano ya me ha dado instrucciones como cazar, es muy fácil, dijo Adriano.

-Mira Adriano, papa ha dicho que podemos participar de la cena con los cazadores, ya es una concesión, pero no puedes subir al monte a cazar, porque no estás preparado ni tienes experiencia en montería, dijo Jacinta Teresa.

Desde que Adriano se reunió con su cuñado Ricardo y hablaron de la cacería del jabalí, Adriano se le había metido en la cabeza que quería cazar jabalíes. Por las tardes subía a su biblioteca y comenzaba a repasar los libros que tenía sobre el tema como la primera edición del *"Origen y dignidad de la Caza,* publicado hacia 1630 de Juan Mateos Ballesteros o "Las *Narraciones de un Cazador"* escrito en el siglo XIX por el ruso Iván Turgeneff, o el *"Cazador Instruido o el Arte de Cazar"* de Juan Manuel de Arellano.

Cogió el libro de un conocido de la familia, Miguel Delibes, *"Diario de un Cazador"* y comenzó a leer el prólogo que decía:

"A mis amigos cazadores que, no son gentecilla de poco más o menos, de esa de leguis charolados y Sarasqueta repetidora, sino que cazadores que con arma, perro y bota componen una pieza y se asoman cada domingo a las cárcavas inhóspitas de Renedo o a los mondos tesos de Aguillarejo".

- ¿Si un bedel puede cazar, por qué yo no? Se decía a si mismo Adriano mientras leía el libro de Delibes.

Faltaba una semana para la gran cita de cazadores en Agullana y Adriano estaba intranquilo. Ya solo hablaba de jabalíes.

Un viernes 7 de septiembre a las 8 de la mañana cuando el sol ya despuntaba y era una mañana fresca, pero agradable, el barón de la Maduxa y su familia salieron en dirección a Figueras (Gerona) en una comitiva de varios coches. Las armas, 3 escopetas 2 rifles, munición y los utensilios de caza, botas, cuerdas, cuchillo los llevaba Valverde, el chofer, en un coche solo dedicado para ello.

Jacinta Teresa y Adriano salieron mucho más tarde, ya que Adriano la noche anterior había salido con unos amigos y volvió de madrugada y se encontraba "indispuesto" como le comunicó Jacinta Teresa a su padre. Enfilaron hacia Gerona alrededor del mediodía. Conducía Jacinta Teresa, al lado llevaban un perro de raza dóberman de nombre *Tingo*. En el asiento trasero del coche, Adriano iba durmiendo la siesta. Tenían que tomar el único camino que bordeaba la Costa Brava, así que el viaje resultaba un tanto largo, pero por el camino se podía apreciar la belleza del mar, las escondidas calas y los pueblos de pescadores.

Alrededor de las 4 de la tarde la comitiva del barón de la Maduxa llegó al hotel Duran en Figueras, que era el sitio donde se reunirían todos los cazadores. El hotel había sido fundado por Joan Duran y su mujer hacia 1910 como *Casa de Menjars J. Duran,* que con el tiempo fue creciendo y hasta nuestros días se conserva, siendo la parte más antigua del establecimiento el gran comedor que ahora en el siglo XXI sigue teniendo el mismo encanto que en la época cuando los protagonistas de nuestra historia se reunían allí para desayunar, almorzar o cenar.

Después que los asistentes del barón descargaron los coches y la familia se instaló en las habitaciones, bajaron a tomar el aperitivo en uno de los salones del hotel. Allí el barón se encontró con su amigo francés, Thierry Desforges y su hijo Philippe que habían llegado hace unos días desde Paris. Thierry y Philippe eran expertos cazadores de corzo. En este tipo de montería, los cazadores van montados a caballo con perros adiestrados que van persiguiendo a la presa hasta el agotamiento de ésta, para luego un cazador rematarla con una escopeta.

Mientras tomaban el aperitivo llegó don Guillermo Novavil y su familia que era otro avezado cazador y uno de los pocos que había participado en safaris de caza de elefantes en África. En su casa en la Costa Brava, tenía una gran colección de obras de arte talladas en los marfiles de los elefantes que cazaba. Al mismo tiempo entraba al salón don Joan Guitarte y su familia, el cual era un especialista en la caza de Jabalíes y gran conocedor de la zona de Gerona y el pirineo catalán. Solamente mirando las cortezas de los árboles y las huellas dejadas por el animal, sabía si un jabalí había pasado por allí y era capaz de calcular el tiempo que tenía la marca. Esto era una gran ventaja, pues rápidamente podía localizar a la presa. Otro experto en caza de Jabalíes era el señor Barés que también participaría de la montería, pero su llegada estaba prevista para más tarde.

A unos cinco kilómetros de Figueras, Jacinta Teresa, Adriano y el perro se habían detenido en el camino, ya que el motor del coche había tenido un desperfecto. Muy cerca, casi a doscientos metros, había una gran masía catalana rodeada de viñedos donde se dirigieron a pedir ayuda. Jacinta Teresa estaba agotada de conducir y Adriano que había hecho la siesta todo el camino estaba completamente animado. El dueño de la masía, el señor Cruilles y su mujer les atendieron. El señor Cruilles le pidió a uno de sus operarios que revisara el coche y atendiera a *Tingo* el dóberman, mientras tanto los invitó a probar el vino de la masía. El señor Cruilles, tenía una empresa de importación de pieles que hacía traer de la Patagonia chilena donde había vivido durante su juventud y había aprendido de los Mapuches (Araucanos) la caza, preparación y preservación de las pieles de los animales. Rápidamente, Adriano entabló amistad con el señor Cruilles y comenzaron a hablar de la historia de la masía y los viñedos y los señores Cruilles les explicaban los detalles arquitectónicos de la construcción. La masía había sido levantada en el siglo XVII y había servido como cuartel para un destacamento francés durante la guerra de independencia en 1808.

-La escalera de madera tallada que ves aquí, ha sido reconstruida dos veces, explicaba el señor Cruilles. La primera reconstrucción fue después de un incendio en 1720 y la segunda reconstrucción de la escalera fue en 1812, después que los franceses la destruyeron para usar la madera como calefacción. Mientras tanto Adriano, iba inspeccionando la escalera con detalle, hasta alcanzar a la parte que ya llegaba a la segunda planta, donde sobre el término de la escalera había una figura de un león sentado en bronce. Adriano miró detalladamente la escultura y dijo:

- ¿Esta escultura parece muy antigua?

-Sí, efectivamente- dijo el señor Cruilles.

-Era parte de la casa original y a pesar de los años se ha preservado. Si te fijas aquí en un costado, tiene una inscripción muy pequeña que pone: factum 1600, dijo el señor Cruilles.

- ¿Es muy bella esta escultura, no me la venderías? dijo Adriano.

-No, esto es parte de la casa, dijo el señor Cruillles.

Siguieron recorriendo la casa y observando cada rincón de la arquitectura. Mientras tanto Jacinta Teresa y la señora del señor Cruilles estaban tomando el té, en salón de la casa. Una persona del servicio se acercó para avisar que el coche ya estaba en condiciones y habían reparado el problema que parecía una pérdida de aceite y ya no tendrían ningún problema para llegar a Figueras.

-Avísale al señor que debe estar en la terraza, dijo la señora Cruilles.

Después de agradecer la hospitalidad de los señores Cruilles y extenderles una invitación para reunirse en Barcelona nuevamente, Adriano, Jacinta Teresa y *Tingo* el perro, continuaron el viaje hacia Figueras. Esta vez, Adriano iba en el asiento del copiloto y *Tingo* en el asiento trasero. Faltaban unos veinte minutos para llegar al Hotel Duran, mientras el sol estaba comenzado a desaparecer detrás de los montes. De pronto, Jacinta Teresa, notó que Adriano llevaba un paquete alargado envuelto en papeles de periódico.

- ¿Que llevas ahí, dijo Jacinta Teresa?

-Pues le he comprado a ese payés una estatua de bronce muy buena. Mira es un maravilloso león hecho en 1600, aquí lo pone, dijo Adriano muy contento con su nuevo juguete.

- ¿Cuánto le has pagado por eso? dijo Jacinta Teresa con cara de disgusto.

-Nada, dijo Adriano.

- ¿Te has robado la estatua? dijo Jacinta Teresa.

-No, ¿cómo puedes decir eso? dijo Adriano.

-He hecho un trueque. Este señor Cruilles es un admirador de la cultura mapuche Araucana. Estábamos hablando de la época cuando él vivió en la Patagonia, entre los mapuches; ahí fue cuando me acordé de que llevaba en el coche esa edición rara del poema épico *La Araucana* de Alonso de Ercilla de 1733 para tratar de vender en Gerona. Nada más verla, me la quería comprar.

-Ahí le dije, tú me das el león de la escalera y yo te doy el libro. Se lo pensó mucho y al rato aceptó mientras nos bebíamos un whisky.

El coche, se aparcó frente al Hotel Duran y el servicio del hotel comenzó a ayudar a descargar las maletas, mientras un joven se llevaba a *Tingo* a la zona del hotel dedicado a las mascotas. En la mesa del comedor, el barón miraba impaciente su reloj redondo de bolsillo. Ya todos estaban sentados a la mesa y solo faltaban Jacinta Teresa y Adriano. En la mesa ya estaban los señores Barés, los señores Novavil, Thierry y su hijo Phillipe, el señor Joan Guitarte y señora, Ricardo de la Geltru y su mujer, Aurora; el barón y su señora, el veedor y comisionado de la *Federación de Caza de Madrid*, el señor Sánchez de la Viña, que se encargaría de vigilar que se cumpliesen las normativas durante la montería. Mientras, las puertas del salón se abren y comienzan a entrar los camareros con el entrante que consistía en crema de puerros con butifarra negra de Vic; detrás de los camareros aparecieron Jacinta Teresa y Adriano. El barón desde lejos los observó y sacando su reloj de bolsillo, con su dedo índice apuntó hacia el reloj, queriendo decir que no eran horas de llegar. Rápidamente tomaron sus asientos. Jacinta Teresa estaba sentada al lado de su padre el barón y a su derecha su marido, Adriano, al lado de Adriano estaba sentada Aurora, la mujer de su cuñado Ricardo. Así, la alternancia de la mesa iba entre varón y señora. Al frente del barón estaba sentado Thierry y al frente de Adriano estaba el señor Guillermo Novavil y no muy lejos estaba el comisario de la montería, el señor Arturo Sánchez de la Viña.

Cuando los camareros estaban sirviendo el entrante, el barón de la Maduxa se levantó y alzando su copa dijo:

-Brindo por todos nosotros y que mañana tengamos buena caza, pero reconozco que solo habrá un ganador.

Todos aplaudieron y comenzaron a degustar la crema de puerros con butifarra negra de Vic. Adriano, mirando fijamente al señor Novavil que estaba al frente le dijo,

-Ese jabalí lo cazaré yo mañana.

- ¿Es usted también cazador? dijo el señor Novavil. ¿Su suegro no me ha comentado que usted también es cazador?

-I tant, dijo Adriano. Es que a mí no me gusta ir hablando de cacerías menores.

-Mire usted señor Novavil, yo he cazado en Botsuana elefantes, eso sí es caza mayor.

-Una vez estaba esperando en mi puesto de caza que los elefantes vinieran y justo aparece sigilosamente un tigre, dice Adriano. No viera usted que peor momento para que se me trabara el rifle. El tigre trató de atacarme y con la culata del rifle le asesté un golpe en el lomo, que me permitió poder escapar y subir a un árbol. Allí pasé un día y medio, pues el tigre no se iba y rondaba y rondaba el árbol. Hasta que se aburrió y se fue cuando aparecieron los elefantes.

Ricardo que escuchaba la historia que contaba su cuñado, dijo:

-Adriano, no es para tanto.

-No cuentes tantas historias al señor Novavil, el sí es un experto en cacería mayor, dijo Ricardo.

-Está bien, está bien, quiero escuchar la historia, dijo el señor Novavil.

-Sigue Adriano, sigue, repitió el señor Novavil. Ricardo ya sentía vergüenza ajena por la historia que contaba su cuñado a un experto en cacería mayor.

-Estaba yo en el árbol, prosiguió Adriano, entonces varios elefantes pasaron y salté encima de uno, como si montara un caballo; lo cogí de las orejas y lo separé del grupo guiándolo a donde estaba el campamento base. Al verme los otros cazadores me descuidé y me caí del elefante y cuando el elefante estaba a punto de atácame, cogí el rifle y le disparé dos tiros; el elefante se tambaleó y luego cayó a dos metros donde yo estaba dijo Adriano.

-Fantástico, que historia más increíble dijo el señor Novavil.

-También he ido a cazar a la finca *La Garganta* del duque de Westminster que tiene una extensión como dos veces la ciudad de Barcelona que está entre Ciudad Real y Córdoba. Es una gran reserva natural, jabalíes, ciervos, perdices, aves rapaces. Ahí se puede cazar de todo.

Precisamente, allí estuve cazando con el duque de Windsor mejor conocido como Eduardo VIII, comentaba Adriano.

-Con el duque íbamos a cazar jabalíes, sin embargo, me agrada más cazar con halcones, dijo Adriano.

-Ahhh, caramba, yo no he cazado nunca con halcones, dijo el señor Novavil,

- ¿Has cazado tú con halcones? preguntó el señor Novavil al señor Guitarte.

-La verdad que jamás he cazado con halcones, dijo el señor Guitarte.

-A ver que nos cuentas Adriano de la cacería con halcones, dijo el señor Novavil, ansioso de oír la historia.

Los camareros ya iban sirviendo los platos principales que consistían en una gran variedad como: pato con peras; medallones de rape de Cadaqués; mollejas de ternera con colmenillas y royal de foie-gras y entrecot gratinado con Roquefort.

En el otro extremo de la mesa el barón miraba, hacia donde estaba Adriano y le comentaba a Jacinta Teresa:

- ¿Que le estará contando tu marido a Novavil que lo veo muy atento escuchando? dijo el barón.

-No te preocupes, ya sabes que Adriano es muy simpático y divertido, dijo Jacinta Teresa.

Adriano siguió captando la atención de los señores Guitarte y Novavil con sus relatos de cacería.

-Bueno, esto de cazar con halcones es un arte muy antiguo, dijo Adriano. Hay un libro muy interesante del siglo XV escrito por Pedro Lopez de Ayala titulado *Libro de la Caza de las Aves*, que vale la pena revisar, dijo Adriano. Parece ser que la cetrería se originó en Asia Central. Al parecer fue introducida en España por los visigodos ya antes del siglo VIII. En algunos tratados árabes de ese siglo se relata que los reyes visigodos salían a cazar con halcones. La cetrería, el cazar con aves rapaces como halcones y la volatería la caza de aves propiamente tal con halcones, fue siempre patrocinada por la casa Real, creando ya en época del rey Fernando III, por el siglo XII, la Real Casa de Volatería y el rey Enrique III de Castilla le otorgó una serie de privilegios a los halconeros, como no pagar impuestos y otros que semejan mucho a los antiguos privilegios de la hidalguía o nobleza de sangre. En época de Fernando el Católico los halcones reales entrenados para cazar se mantenían en Carabanchel, cerca de Madrid a cargo del Halconero Mayor del Reino, decía Adriano.

Ya casi todos los componentes de la mesa escuchaban atentamente el relato de Adriano, que comenzó a hablar en voz más alta y hasta las mesas contiguas le seguían con atención.

-Cuando el Emperador Carlos V, le cedió a la Orden de Malta la isla del mismo nombre, que era parte del imperio español, lo único que pidió en pago es que cada año le enviaran un halcón entrenado para cazar, siguió relatando Adriano.

-Ese era conocido como el tributo del halcón maltés. Claro, ahora estamos en 1965 y eso se ha perdido. Sería bonito recuperar todas estas tradiciones, quizá algún día se hará, afirmó Adriano.

El relato fue interrumpido por el camarero que dijo a viva voz:

-Esta noche los postres que no están en la carta son los siguientes: Coulant de chocolate blanco con relleno de fresa y el Flan de huevo casero con nata.

-Uhh que bueno, dijo Jacinta Teresa.

En ese momento el comisario y veedor de la montería el señor Arturo Sánchez de la Viña pidió la palabra.

-Quiero agradecer al señor barón de la Maduxa por organizar esta estupenda cena e invitarme como veedor oficial de la prueba. Les recuerdo por tanto a los señores cazadores, que después de la cena me firmen el libro para asignarle a cada uno su sector de caza para mañana y buena caza a todos dijo el señor Sánchez de la Viña.

Al acabar la cena, los cazadores se dirigieron a firmar el libro para la asignación de los sectores de caza. Mientras esperaba cada uno su turno, el señor Novavil y el señor Guitarte no se despegaban de Adriano con el cual habían hecho muy buena amistad. Cuando se acercaron al barón, el señor Novavil le dijo:

-Joaquim, ¿no me habías comentado que tu yerno era un gran cazador? Creía que tú y yo éramos los únicos que habíamos cazado elefantes en África, pero según entiendo tu yerno es un experto, dijo el señor Novavil.

-Que historias de caza más interesante dijo el señor Guitarte. El barón se estaba poniendo rojo, sin saber que decir, ya que los señores Guitarte y Novavil eran de los mejores cazadores que había en España y Adriano prácticamente les había hecho creer que él era un gran cazador también.

-Vale, vale, no es para tanto dijo el barón, visiblemente molesto con lo he había hecho su yerno.

El comisario fue comprobando los números de licencia de cada cazador en su libro para asignar el sector de caza.

-Señor Novavil, verifique que su número está correcto en la plantilla dijo el señor Sánchez de la Viña.

- ¿Usted señor Cusi no va a cazar mañana, no lo veo inscrito, ni tampoco veo su número?

dijo el señor Sánchez de la Viña mirando a Adriano.

-Lamentablemente no llevo el número aquí ahora mismo, pero debe haber un error, dijo Adriano.

-Seguro que debe haber un error dijeron los señores Novavil y Guitarte, nuestro amigo Adriano es un gran cazador, dijeron ambos.

-Vale, vale, dijo el señor Sánchez de la Viña, si ustedes lo dicen, lo apuntaré aquí.

Mientras tanto el barón y su hijo Ricardo, miraban a una distancia prudente sin salir de su asombro con la situación que había creado Adriano.

-Bueno yo ya me retiro a descansar que mañana tenemos que estar todos los cazadores a las 6:30 de la mañana en Agullana. Saldremos de aquí a las 6:00 de la mañana, dijo el barón.

Poco a poco el grupo se fue retirando. Eran ya las 23 horas cuando Adriano se despidió de sus ya amigos los señores Novavil y Guitarte y se dirigió al bar. Allí se encontró a dos turistas franceses que estaban bebiendo ginebra y le dijo al camarero,

-Póngame una ginebra en una copa grande como la de esos señores, indicando a los franceses.

Mientras tanto, Ricardo fumaba un puro hablando con su hermana Jacinta Teresa junto a la puerta del hotel.

-No sé cómo va a ir esto de la cacería del jabalí, ahora que Adriano se ha colado y ha hecho creer a todo el mundo que es un cazador, decía Ricardo.

-No te preocupes, Ricardo, no pasará nada malo, él nunca ha cazado, capaz que se pierda en el bosque decía Jacinta Teresa. A propósito, tengo que avisarle que vaya a ver a *Tingo* antes de acostarse, dijo Jacinta Teresa.

Jacinta Teresa entró al bar y se encontró a Adriano en animada conversación con los turistas franceses y parecía que ya habían bebido bastante ginebra.

-Mira, estos son mis amigos pintores, Sebastian y Didier, han venido a ver a ese pintor de Figueras, Salvador Dalí, dijo Adriano. Después de saludar los nuevos amigos de Adriano, Jacinta Teresa dijo:

-Acuérdate de ir a ver a *Tingo* y vete a la cama pronto que tú mañana tienes que madrugar y yo no, dijo Jacinta Teresa.

Nadie sabe cuánto tiempo estuvo Adriano bebiendo en el bar con los turistas franceses, pero al día siguiente, tenía muy mala cara, los ojos hinchados y se había puesto gafas de sol para cubrir su mal aspecto. El trayecto a Agullana la zona de la cacería, solo era de unos veinte kilómetros.

-Que mal me encuentro decía Adriano a Ricardo, mientras éste, atento miraba el camino por el cual conducía el coche.

El viaje era por caminos rurales, donde los coches que iban delante levantaban polvo del camino, que hacía difícil la visión. Al llegar a Agullana, los cazadores comenzaron a marchar con las armas al hombro, cada uno con un morral que contenía un bocadillo de jamón y una bota de vino, mientras el señor Sánchez de la Viña iba indicando los sectores de caza asignados a cada uno. Aquí solo vamos a cazar un jabalí dijo el señor Sánchez de la Viña. El primero que haga el disparo debe gritar, *"ya lo tengo"* y confirmaremos la caza. Si hay un disparo, pero no hay jabalí herido o muerto, el cazador será descalificado. Todos notaron que Adriano no parecía estar bien y le preguntaron si se sentía mal.

-Algo que he comido que me ha sentado mal, pues no he podido dormir anoche, dijo Adriano.

Entonces el veedor de la cacería, al ver que Adriano no se encontraba en su mejor forma, le asignó el primer sector de caza, más cerca del refugio, para que no tuviera que caminar monte arriba, dado que estaba indispuesto.

-Bueno te dejamos aquí, dijeron los señores Novavil y Guitarte.

En el sector 2 se quedó Thierry, el sector 3 era para Ricardo, el sector 4 el barón. En los sectores 5 al 8, subiendo el monte, se ubicaban los señores, Novavil, Barés, Guitarte, y Philippe, respectivamente.

Los cazadores, mientras se dirigían a sus puestos de caza, iban mirando cuidadosamente el terreno, en busca de pequeños indicios que revelaran la presencia de jabalíes.

Adriano al llegar al sector 1 encontró un sitio debajo de un árbol, apoyó el rifle, luego bebió un sorbo de vino de la bota y se puso a dormir. Ya amanecía y solo se oía el viento que movía las hojas de los árboles y un perro que ladraba a gran distancia. Los cazadores estaban agazapados y atentos en sus sectores, esperando el paso de algún jabalí. Thierry con sus prismáticos escudriñaba cuidadosamente el horizonte cercano, tratando de detectar el más mínimo movimiento que revelara la presencia de jabalíes.

Los cazadores llevaban más de una hora esperando, cuando de pronto un disparo rompió el silencio de la mañana; varios pájaros emprendieron el vuelo, dos perros ladraban, luego silencio. Ninguno de los cazadores dio la señal de *"ya lo tengo"*. Si alguien había disparado y no había dado en el blanco, mala señal, seria descalificado. Cualquier jabalí que hubiese estado en la zona de caza podría haber emprendido la huida luego de los disparos. Así, los cazadores decidieron regresar al refugio, bajando desde el sector 8 al 1. Philipp en el sector 8 paso al sector 7 donde estaba el señor Barés que dijo que no había disparado, luego en el sector 6 estaba el señor Guitarte y en el sector 5 el señor Novavil ambos tampoco habían disparado. Así, siguieron bajando para reunir a todos los cazadores. Cuando llegaron al sector 1, Adriano no estaba en el sitio donde lo habían dejado. Todos se pusieron a buscar a Adriano en su sector, pensado que algo le podría haber pasado. De pronto, el barón de la Meduxa entre unos matorrales ve un jabalí muerto. Se acerca al matorral y por entre los arbustos puede observar que, al otro lado de los arbustos en una zona a campo abierto a 10 metros, ve a Adriano en el suelo y a su lado el rifle.

-No puede ser, dijo el barón.

En ese momento llegan al lugar los señores Guitarte y Novavil junto con Ricardo.

- ¡Adriano has matado al jabalí!, grita Ricardo.

Adriano que seguía durmiendo al oír los gritos se despierta y pregunta

- ¿Qué pasa?

- ¿Has matado tú el jabalí? Pregunta el barón.

-Pues yo vi un movimiento en esos matorrales y disparé, dijo Adriano, mientras indicaba la zona donde estaba el jabalí muerto, que no se podía ver desde donde estaba Adriano.

-Le has pegado un tiro certero Adriano, eres un gran cazador, dijo el señor Guitarte mientras examinaba el jabalí muerto.

-Ya lo decía yo, cazar jabalíes es muy fácil, dijo Adriano.

-Maldita sea dijo el barón.

Desde ese momento el barón abandonó por completo su afición a la caza del jabalí y las tradiciones familiares nunca volvieron a ser lo mismo. Se organizó una gran cena de jabalí en casa de Adriano y Jacinta Teresa, pero esta vez el barón no asistió por encontrarse "indispuesto."

Adriano siguió hablando por muchos años de sus aventuras de montería y exhibía en el salón de su casa la cabeza disecada del jabalí, como prueba de sus destrezas como cazador. Sus ya amigos, los señores Novavil y Guitarte, invitaron a Adriano a hacerse socio de la *Sociedad de Cazadores del Empordà* donde a todos entretenía con sus aventuras de montería.

Transcurridos diez años del siglo XXI, Adriano dejó la casa donde había vivido por muchos años llevándose todo, pero sorprendentemente, en el salón quedó la cabeza disecada del jabalí, que tanta gloria le había traído una mañana de septiembre de 1965. La cabeza del jabalí se conserva ahora en la biblioteca, junto a la chimenea, en la casa de los condes de Monte Alea.

¡Sic transit Gloria mundi!